3

Author
少年季節

Illustrator Bindo

Translator 鮭魚粉

Presented by Boyseason and Bindo

Sugar Blues
Contents

08

Sugar In The Water (2)

SUGAR BLUES

這裡是保健室，卻又不是保健室。無論是硬梆梆又狹小的折疊床、環繞四周的隔簾，或是那四四方方粗重的窗戶，都跟久遠記憶中的一樣，卻又不太一樣。

保健室老師的書桌消失了。窗戶雖然有著形體，但是無法看到外面的風景。而通往外面的那扇門此刻也不復存在。

這個無邊無際的空間裡就只有一張床，徐翰烈看見自己正躺在這張床上。這顯然是個夢境，不然他應該沒辦法像這樣俯瞰著自己睡覺的模樣。

每當心臟感覺不舒服的時候，他往往會去保健室休息。雖然保健室老師每次都一定要幫他量個體溫或測量脈搏，有些煩人，但是這些事對他來說也已經習慣，還在可以忍受的範圍。徐翰烈只要稍微閉上眼休息一下，那個伴隨著疼痛、亂跳一通的心臟便會慢慢地恢復平穩。因此，眼前的這幅景象，可能是過往無數個日子當中的某一天，也可能只是個熟悉的幻象。

開啟的窗外吹來了一陣風。由於是在夢裡，他並沒有親身感受，之所以如此判斷，是因為他看到輕薄的窗簾往保健室內部飛舞了起來。大幅度飄動的窗簾下擺垂落之際，他看見床前站著一個人。雖然看不到他的臉，但徐翰烈似乎知道那個人是誰。他是白尚熙。

白尚熙低頭望著正在睡覺的徐翰烈，望了頗長一段時間。徐翰烈明明正在半空中注視著他的後腦杓，感覺卻像是正面承接著他那道專注的目光。躺在床上的軀體和自己的每個細胞彷彿都有所連結感應一樣。這也是因為在夢境裡才有可能發生的事情。

白尚熙突然俯身坐下，於是他的視線差不多能和躺著的徐翰烈齊平。他就這樣又凝視了好一陣子，忽地伸出了手。從另一個角度觀看著的徐翰烈不禁嚇得一抖。實際上正在睡覺的自己根本不知道發生了什麼事情。

白尚熙的食指在徐翰烈的臉頰上一按，受到擠壓的臉頰肉悄悄地擠開了豐厚的唇瓣。睡得香沉的臉蛋卻撅起了嘴唇，頓時看起來有些滑稽。白尚熙看著他這副模樣，肩膀輕微顫動了起來，像是在笑。

此時，徐翰烈一直閉著的眼皮掀了開來，就在下個瞬間，夢境裡的他突然變成第一人稱視角。模糊開展的視野裡全被白尚熙的臉龐給填滿。他身上穿著的學校制服，青澀的臉龐，隨意吹乾的一頭蓬髮，全都是他高中時期的模樣。根本是騙人的。徐翰烈嘲笑著這個荒誕不經的夢境。因為真正的白尚熙從未看著自己露出過這樣的笑容。

『睡飽了嗎？』

他也從來沒有對自己說過這麼溫柔的話。

徐翰烈沒應聲，默默看著他。白尚熙輕輕地撫摸著徐翰烈的臉頰，大掌掃過了脖頸和胸部，一路向下，毫不猶豫地鑽進為了血液循環而鬆開的褲頭裡。「啊」，徐翰烈低嘆一聲，不由得緊閉上眼遂又再次睜開，只見白尚熙仍在對著他笑。

『你長得真好看。』

醉人的嗓音在徐翰烈面前細語呢喃。體內一下子竄上了某種情緒，一股不快與心潮的蕩漾同時逆流上湧。

徐翰烈猛然伸出雙臂摟住白尚熙的頸子，兩人的臉龐驟然貼近，繼而唇瓣相接。他如飢似渴地吸吮著白尚熙的嘴，一股腦地擠壓著彼此的唇瓣。事情的發生並非由他的意志所操控，卻又不能說完全與他無關。就算是在夢中，追根究底這也是徐翰烈自己的夢境。

他把舌頭伸進白尚熙嘴裡，急欲緩解這股越來越強烈的渴意。徐翰烈頓覺焦躁不安，不知何故，舌頭宛如在一片虛無之中翻攪，不管他多麼努力嘗試都觸碰不到白尚熙。

心中的疑惑很快地被某種不祥的預感所取代。白尚熙原本與他溫柔交纏的身軀不知何時變得如岩石般僵硬。徐翰烈暈乎乎地分開了唇瓣，卻看見一張因藐視而扭曲的臉。

『你是同性戀嗎？』

白尚熙粗魯地一把推開徐翰烈。儘管這是個夢，他明明就是在夢境裡，被推開的肩膀卻感覺到了一股痛意。

他氣憤地想要撲上前去，卻發現自己無法隨心所欲地移動身體。不知何時冒出來的點滴管纏繞住他的手腳，被明亮的陽光所照射的保健室一下子消失無蹤，夢中的場景頓時轉換成沒有窗戶的昏暗病房。他張闔著嘴，竟發不出任何聲音。

白尚熙仍在他的床邊沒有離去。他正在拂拭著身上被徐翰烈碰觸過的每個地方，就像是要撣落身上的髒東西一般。

不知從哪裡冒出來一個人影走近白尚熙身邊。雖然臉龐上覆蓋著斑斕的色彩令人看不清長相，但隱約感覺得出來是個女人。白尚熙毫不猶豫地攬住了她的腰，然後用一種徐翰烈所無法想像的表情，在她耳邊私語，也調皮地親吻著她的耳際。那個人影的身軀微微顫抖，發出了笑聲。

嗶、嗶、嗶、嗶……

耳邊忽然傳來熟悉的儀器聲響，聲音就在極近之處。那道人影彷彿因為這突如其來的噪音而發現了第三者的存在，回頭朝徐翰烈這邊看來。徐翰烈依然無法分辨她的五官，但是好像可以看出她臉上露出的表情。

『他是誰啊?你朋友?』

『某個被按下了奇怪開關的傢伙。』

白尚熙繼續親吻著她的耳際和脖頸，眼睛卻是望著徐翰烈的方向。那是一種挑釁的眼神。就像那一天他和學生主任作對時，他也是用類似的眼神盯著徐翰烈。徐翰烈氣不過地掙扎著身體，緊錮著四肢的點滴管線卻勒他勒得更緊，先前的儀器聲也更加劇烈地迴盪著。

嗶、嗶、嗶、嗶、嗶、嗶、嗶——

白尚熙盯著徐翰烈，嘴角詭異地斜斜勾起。

『這個變態傢伙十多年來一直追著我，希望我能替他捅一捅那個骯髒的後穴。』

他說完，和那個人影兩人一齊爆出了嘲笑聲。

嗶、嗶、嗶、嗶、嗶、嗶、嗶、嗶。

嗶、嗶、嗶、嗶、嗶、嗶、嗶、嗶。

嗶、嗶、嗶、嗶、嗶、嗶、嗶、嗶——

滿腦子全都是尖銳的儀器音。徐翰烈越是痛苦地扭動著身軀，捆住他全身的點滴管便捆得越緊。不知何時，纏在脖子上的管線陡然壓迫住他的氣管。昏沉沉的視線裡，出現了一道心電圖儀器上常見的綠色裂痕。白尚熙，還有他身旁的那個人影的模樣，都急遽地隨著裂痕的產生而破裂，變得再也無法順利看清。儘管如此，他們的笑聲卻和儀器聲響摻雜在一起，把徐翰烈逼迫到了極限。他還是無法發出聲音，身體被五花大綁著也沒辦法逃離，完全無計可施。迷茫的恐懼感讓徐翰烈彷彿立刻就要流出淚來。

停下。

考慮。

嗶——。

像是在回應著他突然嘔出的悲憤情緒，儀器音戛然停止。同時，那條長長的綠線劃過了視野，咻地消失不見。完全的黑暗吞沒了一切。

「……嚇！」

徐翰烈猛然坐起身，眼前的景象一下子如細沙般破滅流散，頓時感到一陣頭暈目眩。下意識捂住的額頭上全是汗水。

「哈啊、哈啊……」

他將一直哽在喉頭的氣息全數呼出，呼吸緊繃到連肺部都在刺痛，肩膀不停聳動著。每當他吐氣的時候，感覺內臟器官也都跟著向上提起，使得他無端湧上一股酸意。

徐翰烈掐住自己如火燒般的喉嚨，強忍住這股作嘔的衝動。他好不容易順過氣來，在陣陣喘息之中哆嗦著身體。由於肺部和胸口的痛楚，他無法克制地發出了痛苦的哀鳴。棉被沾黏在汗濕肌膚上的觸感令他寒毛直立。

這個夢他已經反覆做了好幾遍。既是真實存在的過去，亦是舊時情感的凝聚，同時也是潛在慾望的展現。

夢裡的白尚熙每次都以不同的面貌登場。有時冷漠無情，對他幾乎是無動於衷，有時卻又態度溫柔親暱。即便是類似的情節，也會隨著白尚熙的態度而產生不同的發展，有時是再糟糕不過的結局，有時則是美好到令他不願醒來。徐翰烈覺得好不合理，這明明是他自己的夢境，他卻不能隨心所欲地為所欲為。

有白尚熙出場的每一個夢都是惡夢。不管是喚起過去不好的回憶，或是被尚未發生的事情所矇騙影響，那種不愉快的情緒即使是在夢境裡也會成為真實的感受。哪怕白尚熙表現得真情流露向自己傾訴愛意，等到夢醒之時，就會發現這不過又是一場讓自己認清現實的惡夢。

徐翰烈的呼吸已經恢復到正常的狀態，但是由於他心搏過速的關係，那股噁心感尚未消失。他氣惱地抓住自己不規則亂跳的心口，無助地倒臥在床上。他連一根手指頭都抬不起來，奄奄一息，為了要活下去而吸取著氧氣。被冷汗沁濕的肌膚再度泛起雞皮疙瘩，感覺渾身又燥熱又發冷。就連這種情況，他也都已經習以為常。

徐翰烈將身子縮成一團，緊揪著無辜的枕頭套，等待瘋狂跳動的心臟平靜下來。然而與他的期望相反，過快的心跳沒有輕易平緩的跡象。這顆心臟極有可能猛烈跳動到一半猝然停下，自己就這樣在無人知曉的情況下像睡著般地死去。他所擁有的這副臭皮囊就是如此糟糕至極。

「……媽的。」

徐翰烈發出如囈語般的咒罵，緊抓著被子的雙手不受意志支配地顫抖著。到最後，連無辜的枕頭也掉落在地。

✳

在白尚熙拍片的現場，工作人員們的衣著變得厚重到看不出身形，偶爾也看到有人開始穿起了薄款的羽絨外套。

若是在大半夜或凌晨時分進行外景拍攝，各處也開始配置著電暖器。現在正是秋意盎然的時節。

準備要在明年年初上映的電影已經完成了大部分的拍攝進度。這是過去三個月來劇組馬不停蹄趕工的成果。在這段期間，徐翰烈一逮到機會就對白尚熙耍性子，有時也會以他自己獨特的方式表現體貼的一面，至於他們倆的性愛模式，則依舊維持著令人捉摸不定的狀態。

昨晚也是，已入睡的白尚熙忽然醒來，感覺有人鑽進了自己的懷裡。手中那熟悉的身軀和鼻間的氣息，讓他一下子就認出這個半夜爬上他床的人是徐翰烈。他習慣性地看了下時間，正好剛過凌晨四點。由於徐翰烈沒有事先通知要過來，一時竟令他無法分辨此刻壓在身上的重量是在作夢還是真實的存在。對方的唇瓣劈頭蹭了上來，呼吸中有股淡淡的秋風氣息。

徐翰烈對白尚熙說了一些莫名其妙的話，說他做了一個不開心的夢，還說只要夢到白尚熙的夢一律都是惡夢。他說話時氣息不穩，眼中也帶著一抹令人看不懂的迷茫，瞳孔不安地晃動著。看他這樣，又不像是喝醉酒，因此讓人感覺更加地不對勁。

白尚熙抓住了急著要和自己親熱的徐翰烈，將他按在身下，仔細端詳著那一臉快要崩潰的神情，詢問他是哪裡出了問題。但徐翰烈並沒有回答他，只顧著發脾氣，要白尚熙別囉唆，乖乖抱他就對了。

「好啊，你要我抱我就抱。」

白尚熙執拗地將他抱進了懷裡，不帶任何情色的感覺，如同字面上的意思，就是個單純的擁抱。徐翰烈頓時蜷縮，身子僵硬了一瞬，隨後便開始發怒，一邊吵著說他不是要這種擁抱一邊在白尚熙懷中掙扎了起來。白尚熙於是將他摟抱得更緊了些。徐翰烈一開始還想要掙脫他的箝制，掙扎老半天，終於自己累得消停了下來。原先還一副氣呼呼的，這下卻安安靜靜地被自己摟在懷中。白尚熙見他這副模樣，眼角和嘴角不由得跟著軟化了下來。他溫柔地將唇瓣貼在徐翰烈高溫的肌膚上。

「你有什麼想要的，還是有什麼不滿的，都直接清楚地告訴我，不要自己一個在那裡生悶氣使性子。」

只會害我更想壞心眼地欺負你而已……最後這句，他沒有說出口就是了。徐翰烈用一種相當不悅的眼神盯著他，當場在他肩上搧了一掌便悻悻然地離去。

白尚熙正回想著清晨發生的這一樁事，驀地在自己的肩膀揉了揉。當時只有滿腦子的困惑，根本不覺得痛，如今被打的那個地方倒是一陣隱隱作痛。

這時有人來敲他休息室的門，是導演組的工作人員。

「池建梧先生，請準備。」

白尚熙朝門外答了聲「好的」，從位子上起身，將腦中的混亂思緒暫時擱置在一旁。

今天預定要拍攝的是「延秀」偵訊嫌疑人「俊英」時兩人面對面的場景。由於拍攝並沒有按照劇本情節的順序，在此之前，白尚熙已經和印雅羅搭過好幾次戲。多虧了這一點，即使將要演出劇情的高潮片段，白尚熙也能夠放寬心來面對，不會感到過於緊張。

印雅羅就連在空無一物的練習室裡也能游刃有餘地發揮演技，完全融入「延秀」一角，如今來到這個為她準備好的舞台上，更是展現出了壓倒性的出色演技。白尚熙感覺只要與她對視，便會逐漸忘卻攝影機和工作人員的存在。努力背誦起來的台詞一時在腦中消失，隨後非常自然而然地脫口而出。感覺自己一開始是為了要配合走在前方的印雅羅而使勁跟上她的步調，然而卻在無意間被吸進了故事裡，整個人融入其中。這是從他開始演戲以來從未經歷過的陌生體驗。

他好像終於能理解為何申導演那時會如此殷切盼望印雅羅來飾演這個角色，以及有這麼多人對於她的新作消息感到興奮狂熱的理由。

「哈囉。」

提早抵達偵訊室的白尚熙正坐在椅子上，他的頭頂上方傳來招呼聲。光聽聲音就知道是印雅羅來了。

「您來了。」

「吃飯了沒？」

「有，在來的路上吃過了，前輩用餐了嗎？」

「我要禁食一陣子。」

「……禁食？」

「從今天開始，我就是一個在公事與私情上有所混淆、瀕臨崩潰邊緣的檢察官了不是嗎？人生最辛苦的事莫過於意志力受到侵蝕，我如果要表現得像個為此所苦的人，總該讓自己面色顯得憔悴一些才行吧？」

語畢，印雅羅撇了他一眼，「你看起來有備而來喔」。聽她這麼說，白尚熙搓了下自己的臉頰。剛才化妝時的工作人員也說他看起來一副昨晚沒睡好的樣子。雖然並非出自他的本意，失眠的氣色倒是極為符合「俊英」的那副落魄樣。自徐翰烈凌晨回去之後，白尚熙就一直無法入睡。這下自己是否應該反過來感謝他誤打誤撞之下的幫助。

白尚熙無聲地露出微笑，一邊確認著台詞，道具組的負責人這時朝他走近，手上拿著一副手銬。

「可以先幫你戴上這個嗎？」

白尚熙爽快地伸出了手腕。伴隨著咔嚓一聲，金屬物的束縛感忽然令他想起了在警察局和檢察署出入的過往。當時的事件只要稍有一點閃失，他恐怕就無法躲掉刑事的判決。雖然刑期應該是不會太長，但要是被判了刑，就算之後想再次回歸社會，情況絕對和現在不可同日而語。白尚熙無意識地擺弄著手上的手銬，頓時心中重新浮現一番微妙的感觸。

「準備好了嗎？」

副導演突然走過來詢問。印雅羅應了一聲「好了」，然後看向白尚熙，徵詢他的意見。白尚熙也從善如流地點頭。

「我也準備好了。」

副導演立刻向申導演傳達進展情況。沒多久，現場響起「要開始拍攝了」的喊聲。工作人員們井然有序地退到了鏡頭之外，只剩下白尚熙和印雅羅兩個人單獨留在畫面裡。

「Camera！」

「Rolling！」

工作人員開始檢查攝影設備是否準備就緒。印雅羅默默做了一個深呼吸，調整好臉上的表情。

「Sound！」

「Speed！」

此時的印雅羅已經徹底露出了凝重的神色，注視著白尚熙。她的兩眼中混合著對於一名嫌犯基本的憎惡、對於他長期以來遭受不幸的同情，同時還摻雜了一絲疑慮，懷疑他就是自己找尋已久的那個「證據」。白尚熙觀看著她完美的變化過程，隨後卸下了身上的力氣。他臉部的肌肉溫和地放鬆下來。面對著「延秀」的白尚熙，不知何時臉上已浮現出一抹隱隱的笑容。

「第八十七場，take one！ready！」

場記板打下，發出了清脆的拍擊聲。現場瞬間安靜，申導演凝視著對峙中的兩位演員，微微地開了口。

「Action！」

白尚熙稍微停頓了一會，然後咧嘴微笑起來。

「好久不見了，檢察官。」

印雅羅一言不發地瞪著白尚熙。那如門栓一般相扣的臂膀正表達著她的敵意。白尚熙不介意地繼續說著台詞。

「您吃過飯了嗎？」

「……」

「我才剛到這裡，股長就立刻點了一碗解酒湯給我吃，他說這家是老店了，味道真的滿不錯的。」

「……」

「我聽說你們最近忙到甚至沒辦法回家是嗎？」

獨自喋喋不休的白尚熙上半身倏地前傾。印雅羅驚得向後一退，但是兩人之間的距離並沒有拉開多少。白尚熙舉止怪異地打量著印雅羅的臉龐，隨後又噗通地坐了回去，身體放鬆地倚靠在椅背上。

「臉色看起來真的很不好呢，難道是因為我的關係嗎？」

「什麼？」

被戳中痛處的印雅羅神情瞬間僵硬。而白尚熙似乎陷入了自己的思緒當中，裝模作樣地歪著頭。

「到底還有什麼問題呢？需要犯罪事實的話我已如實招供，也有了足夠的證據，我都已經做好要受罰的準備了說。」

對於這番話，「延秀」確實是無可辯解。如同「俊英」所說的，她有充分的證據和理由將他起訴。打從第一次的嫌疑人偵訊開始，他就未曾隱瞞過自身的罪行。他有問必答，連調查小組的缺漏之處他都自動補充說明，不打自招。「延秀」現在唯一要做的就是她一直以來在執行的工作——對他惡毒的行徑求處重刑。像這樣再次與這一名沒有必要繼續偵查的嫌疑人見面，實在不符合「延秀」的作風。但是，一種非理性的莫名直覺持續地緊抓著她不放。

即便在警方的調查報告中看到他「成長背景坎坷」的這一段，以及從股長那邊得知死去的牧師一家對於年幼時的「俊英」所施加的虐待行為時，「延秀」的內心都沒有任何動搖。韓國的刑法是不允許私人復仇的。不論在怎樣的情況下，都不能容忍「俊英」將牧師一家殺害，以及憑借著練習的藉口毀滅了一整個無辜家庭的行徑。「延秀」勢必該替這名人面獸心的殺人犯求處最重刑之死刑。

「是你嗎？」

聽見這個掐頭去尾的疑問，白尚熙詫異抬眸，接著他稍微睜大了眼。一直以來面無表情的印雅羅此刻的臉部因內心的混亂而扭曲變形，看起來痛苦不已。

「真的是你嗎？」

反覆追問的聲音細微地顫抖。總是笑臉迎人的「俊英」所感受到的那股困惑在白尚熙的臉上完整地顯露了出來。

「你……」

印雅羅沒辦法完整把話說完，忍不住深吸了一口氣。慌張投向門扉的視線中夾雜著無法單用一句話闡述清楚的複雜情感。看似如鋼鐵般堅強的一個人，此刻卻彷彿隨時會崩塌傾頹一般。現在的「延秀」已經不是一個只存在於劇本當中的虛構人物了。

白尚熙看著印雅羅微微抽搐的臉頰，撇嘴一笑。

「我不曉得您在說什麼呢，檢察官。」

「……是你……」

艱澀地開了口的印雅羅像是在哽咽，遂又咬住了嘴唇。她深呼吸似地長長吐出了一口氣之後，再次將目光移至白尚熙身上。

「是你殺的嗎？」

「是的，我不是說過很多次了嗎？八個人都是我殺的。兩起事件都是按照計畫進行的，對於第一個家庭的犧牲者們，我是真的感到很抱歉。但是就算將時間倒轉，我還是沒辦法對他們手下留情。對於我的所作所為我並不感到後悔，也從不覺得自己有做錯什麼。」

白尚熙將已經陳述過好幾遍的內容一口氣叨念完畢，然後注視著印雅羅，彷佛是在問說他都講得這麼明白了還不夠嗎。印雅羅竟是不忍面對他那單純直接的眼神。

「你活得很辛苦嗎？」

「對啊，覺得這樣活著還不如死掉算了。」

「為什麼不向身旁的人尋求協助呢？跟誰說都好，說不定就可以擺脫……」

「自殺未遂了幾次之後，就再也沒有人要相信我說的話了。」

雖然說得輕描淡寫，不難想像他該有多痛苦，以至最後產生走上絕路的念頭。「延秀」也曾經歷過與他相似的傷痛，所以她能夠理解。印雅羅的視線一路摸索，朝著白尚熙被銬住的手腕看過去。

「把手伸過來。」

她掏出了手銬的鑰匙，然而白尚熙只是低頭瞥了下自己的手腕，沒有動作。

「之前對我處處防備，就算現在要幫我解開我也一點都不覺得開心。和我單獨待在一起會害怕的話，就讓我繼續銬著手吧，反正我也已經習慣了，沒什麼不舒服的。」

「只是要稍微幫你解開一下而已，你就得意了啊？」

白尚熙笑笑地看著他的手銬，似乎想到了什麼，乖順地遞出雙手。印雅羅為了幫他開鎖，伸長了手臂，沒想到白尚熙雙手忽然溫柔地包覆住她的手掌。印雅羅被嚇得震了一下，對白尚熙怒目而視，卻沒有甩開那雙抓住自己的手。

「檢察官，請別隨便同情我，我可是個罪大惡極的傢伙。」

「我才沒有同情你。」

白尚熙一邊說著「是嗎？」手掌從印雅羅的手腕撫了上去。沒有提前說好的突發舉動讓印雅羅蹙起眉頭看著他。白尚熙將落在纖細手腕的視線移至她的面孔。咧開的嘴角掛著純真討喜的笑靨。

「但是，我怎麼感覺檢察官是站在我這一邊的呢？」

印雅羅神情凝固，下一秒，隨著「卡」的指令聲落下，緊張的空氣頓時鬆懈了下來。

工作人員們開始動作，周圍一下子變得亂哄哄的。印雅羅的身子還維持著原本的姿勢，她直視著白尚熙，噗哧地露出一個無奈的笑。

「剛剛那是怎樣？」

「……想說嘗試看看這樣做會有什麼效果。雖然女人是在懷疑這個男的是不是自己的孩子，但是男人完全不曉得女人對他釋出善意的原因不是嗎？這麼一來，他很有可能將其誤以為是對於異性的那種好感也說不定？」

每個角色都是從劇本當中誕生的。導演用自身的理解加諸其上，讓僅存在於平面上的人物能夠呈現出立體的輪廓。但是，最終要完成一個角色，責任還是在演員的身上。演員必須按自己的方式去分析人物的個性、想法和感情，並表現出與之相應的聲音、語氣、動作，透過這些展現才能賦予角色鮮活的生命力。無論是劇本或是導演的要求，「俊英」看著「延秀」的眼神裡都沒有提到情慾的表達。而白尚熙自行塑造出了這個部份，也許是因為他姣好的外表，讓這段表演呈現出另一番別致的樣貌，不會過於突兀。

「你滿厲害的嘛。」

印雅羅伸手對著白尚熙的頭髮一陣撥弄，然後朝申導演走去。白尚熙將被銬住的雙臂舉起，「前輩，我的手銬」，但是對方並不理睬。

「申導演，怎麼樣？剛才那種詮釋也挺不錯的吧？」

印雅羅默默地替白尚熙講話。申導演一臉苦惱地和她不停交換著意見，也反覆確認著方才拍攝好的片段。

很快地，申導演把副導演給叫了過來。

「再來一遍吧，特寫鏡頭的部份也一起拍攝。」

「好的，我知道了。」

副導演對著拍攝現場的所有人大喊了一聲「再來一遍」。在準備重新拍攝的期間，印雅羅仍是坐在申導演身旁和他說話，說天氣變冷了所以她突然很想吃某家餐廳的魚湯，這陣子工作太忙都沒辦法去，最近一直在想著要去那裡喝杯燒酒之類的，跟導演在閒話家常。或許也是想藉此緩和一下稍有不慎就會變得凝重的現場氣氛。

印雅羅往回走進鏡頭畫面之中，「既然都提到了，今天收工之後來去喝一杯吧。」她說。

「乾脆現在就先來預約一下。」她馬上回頭找手機的浮誇舉動把在場的大家逗得笑聲不斷。跟著露出微笑的申導演忽然朝白尚熙看過去。

「池建梧先生，今天拍攝結束之後還有事要忙嗎？」

「沒有。」

「那一起去喝一杯吧。」

隨口邀約完，申導演的視線立刻轉回提示表上。雖然最近「辛苦了」、「做得好」、「很不錯」這些稱讚出現的頻率越來越頻繁了，但申導演還是第一次像這樣在私下對他釋出善意。

見白尚熙反應有些呆滯，印雅羅不禁笑了出來，對他豎起了大拇指。不知怎地，臉上還露出了比當事人更感欣慰的表情。

白尚熙於是也跟著露出淡淡的笑意，緩緩地做了一個深呼吸。他原以為自己是受到了意外的邀請而感到興奮，但是在拍戲的過程當中，內心的這股悸動並未平息。他這輩子從未有過這種感受。雖然這份情緒漂浮不定，感覺生疏，白尚熙卻不討厭這種令人激動的心情。

過去的他從未和那些對演戲深深著迷的演員們有過共鳴，然而這一次，儘管還是有些茫然，他依稀生出了「原來就是這種感覺嗎」的體悟。

✳

電影只拍了一百一十六天就殺青了。在結束了最後的拍攝之後，也終於安排了一直推遲的全體聚餐。由於一群人直接從拍攝現場趕過來，個個看起來都一臉的憔悴，蓬頭垢面。

大家在酒席上聊了許多話題，拍攝期間大大小小的軼事、長久以來惡劣的工作環境、從開始構思製作一部作品，直到最後獲得觀眾評價，這整段過程之中的難處。十分地真摯，充滿歡笑聲，也喝了不少的酒。《引力》的製作團隊對於這次沒有任何人掉隊、平安無事地完成拍攝一事，彼此互相祝賀慰勞，也展現了在上映為止前要繼續一起努力到底的決心。雖然劇組的成員們只是根據彼此的需求而暫時成為同事，但是白尚熙在這一個團隊裡找到了自己的歸屬感，這是他之前未曾感受過的。

等到他終於離席的時候，已經是接近地鐵首班發車的時間。姜室長也難得喝得酩酊大醉，白尚熙替他叫了代駕司機送他回家。和散了夥的製作團隊打過招呼，白尚熙招了輛計程車，上車坐定之後，他不由得呼出一口長長的氣。雖然沒有喝醉，氣息裡沾染了一股濃烈的酒精味。其實他已經很久沒有像今天這樣放開喝了。

「要載您到哪裡？」

計程車司機經由後照鏡望向了後座。白尚熙告知了他住處的地址，身體完全地癱坐在座位上。無意之中望向的車窗外，可以看見忙碌地開啟了一天的人們。其中有一個連安全帽都沒戴，騎著小型摩托車的稚嫩青年。白尚熙看著那名年輕人，赤裸的腳上只套著一雙拖鞋，驚險地穿梭並消失於車陣之中。他在那青澀的背影上彷彿看見了自己遙遠過往的身影。興許是酒精作祟，讓白尚熙一時變得多愁善感了起來。

他回到家裡，這段期間以來的緊張壓力一下子獲得了紓解，只覺身體有如千萬斤般沉重。

「……？」

白尚熙脫了鞋，驟然抬起頭。室內當然是黑壓壓的一片，悄聲無息。然而他倏地感覺空氣中飄過一抹熟悉的香味。再次低頭確認，玄關一側正擺著一雙不是自己的鞋子，怎麼看那都是徐翰烈的皮鞋。

客廳的沙發上空無一人，廚房和浴室也都是整整齊齊的狀態。白尚熙打開昏黑臥室裡的燈，徐翰烈正斜靠著床頭坐在他的床上。儘管白尚熙朝他靠近，他也沒有動作，只有緊閉的眼睫稍微顫動了幾下，或許是剛睡著不久。

隨著電影拍攝來到最後階段，白尚熙幾乎每天都在通宵拍攝，因此一直沒辦法和徐翰烈見面。不知道徐翰烈是否也曉得他的情況才會一直沒有跟他聯絡。自從好幾天前夜襲白尚熙那次之後，徐翰烈就沒有再直接找上門過。

「……」

白尚熙一邊脫衣一邊盯著徐翰烈的睡顏，很快地默默進了浴室。他沖完澡出來，徐翰烈還是入睡中的狀態。白尚熙打算把他叫醒，手才剛伸出去就又縮了回來。他忍不住端詳起對方卸下防備的睡顏。

要不是因為這副特別難搞的脾氣，徐翰烈這種長相肯定能風騷地四處勾引人。

他的臉部線條一點都不粗獷，像現在這樣放鬆面部肌肉之後便顯得相當稚氣單純。最神奇的是，明明是同一張臉蛋，每當他沒好氣地瞠目瞪人，露出一副不悅的神情時，卻又令人感覺色氣十足。

白尚熙盯著徐翰烈看了很久，為了幫他換個姿勢，白尚熙正要抽起徐翰烈摟著的枕頭，沒想到在睡夢中的人卻身子一縮，把枕頭抱得更緊，不讓他拿走。原先安穩的臉龐頓時像是受了什麼天大的委屈，整個皺了起來。見他這幅模樣，白尚熙無奈地笑出了聲。

大概因為這一點動靜，徐翰烈蹙了下眉心，接著徐徐掀開眼簾。

他似乎尚未完全甦醒，慢吞吞地又眨了兩三下眼睛才重新睜開，白尚熙的人影便清晰地倒映在他瞳孔裡。白尚熙與那道還有些迷茫的眼神對視了一下，俯下身，覆蓋住對方的唇瓣。徐翰烈沒有半點抗拒地自動闔上眼皮。

白尚熙悄悄吸吮著徐翰烈飽滿的下唇，不停將其向外輕扯。徐翰烈也跟著一下一下地含吮著他的上唇瓣。相疊的唇肉一陣摩挲，就在白尚熙準備要把舌頭伸進對方嘴裡時，原本乖乖配合的徐翰烈忽然轉開了頭。白尚熙不在意地繼續吻著他的下巴和脖頸，還以為對方會順從地伸出脖子承接他的親吻，結果卻再一次地被對方推開。

「我口渴了。」

徐翰烈剛要起身，就被白尚熙給逮住又再坐了回去。白尚熙一刻不猶豫地吻上他的嘴，淺淺地吸起徐翰烈上唇突出的唇珠，然後側過頭將舌尖探進他嘴裡。徐翰烈的面龐稍微向後一仰，白尚熙的舌就完全捲了進去。它在裡面掃弄侵犯平整的齒列，貼在溫熱的黏膜上，盡情地攪弄著又軟又滑的口腔壁。沒多久，對方的軟舌便偷偷纏了上來。白尚熙滋滋地輕吮著徐翰烈的舌，同時在他腰際上下其手。

徐翰烈雙手環上白尚熙的後頸，開始認真地回吻。上下唇瓣自是不用說，連舌頭他也沒放過，蠻橫地啃噬、搓揉、大力吮吸。與其說是情慾驅使，更像是一股偏執或是使性子的衝動行徑。白尚熙任憑他對著自己胡作非為，手臂從他的腋下和膝窩處將他整個人撐起，平放在床上。他順著徐翰烈的身子爬了上去，輕按住他的下顎，徐翰烈的雙唇自然地分了開來。

他的舌滑進對方暖和的口腔裡。暫時屏息的徐翰烈隨後也伸長了舌頭，像個餓鬼似地撲了上來。兩人的舌較勁般地互相推擠，相互折騰。徐翰烈不斷主動貼上身子，白尚熙故意鬧他，死死抵住徐翰烈的舌肉瞬間又忽然放開，之後再佯裝一副他什麼都沒做的樣子，把徐翰烈的上唇小口小口地含吻在嘴裡。不知道是不是被激發了渴望，徐翰烈的舌頭不停戳弄著白尚熙的下唇。白尚熙先是置之不理，等到徐翰烈心焦如焚時才猛然回擊，用力啜吸起他的舌肉。徐翰烈被他吸到舌根一陣酸麻，不由得滲出了痛吟。

白尚熙的觸摸變得大膽起來。手指頭向上掠過大腿後側，一把捏住了徐翰烈的臀遂又鬆開。在腰間流連的大掌揭開襯衫探了進去，直接在徐翰烈光裸的腹部上愛撫。徐翰烈儘管被吻得意亂情迷，還是試圖抗拒地扣住白尚熙的手腕。然而他的制止完全無效。撫摸完腹部的手掌往上探索，不知不覺開始搓揉起徐翰烈的胸脯。有力的手臂撐起合身的襯衫，其中幾顆鈕扣被硬生生掙開，啪搭啪搭地從衣服上彈了開來。就在這時，對著徐翰烈的厚唇埋頭狂吻的白尚熙猛一蹙眉，突然間被咬了一口的舌尖火辣辣的。徐翰烈這才把白尚熙鬆懈下來的身體從自己身上推開，吁吁喘氣的臉蛋看起來非常不爽。

「……好不容易才從惡夢中醒來的說。」

他用沙啞的嗓音嘟囔著。白尚熙先前也聽徐翰烈提過類似的話，把他描述得像個鬼一樣，說只要夢到他的夢境全都是惡夢。他完全無法理解這一番話。

「我做了一個以前的夢。」

徐翰烈瞅著一側床角，依然用非常不滿的語氣抱怨著。既然特別指明是「以前」，不難猜到是哪個時期。兩人所共有的「以前」就只有十年前的那一段過去，線。

除此之外別無其他。白尚熙還來不及回應些什麼，徐翰烈已經再次對上了他的視

「你為什麼那樣對我啊？」

他的兩隻眼睛裡充滿了埋怨，一瞬不瞬地盯著白尚熙。白尚熙被這個十分含糊籠統卻又開門見山的問題給堵得啞口無言。

他沒有回話，直勾勾地看著徐翰烈。

「那你又是為什麼那樣子對我？」

隔了好半晌，他才這麼反問徐翰烈，用一副無動於衷的口吻。徐翰烈沒有回答他，忿忿地咬住了下唇，怒瞪著白尚熙的模樣彷彿在責怪他根本是明知故問。

「當初你要是沒有那樣招惹我就不會發生這種事了，都過去十年了我仍沒完沒了地和你這種傢伙糾纏在一起，甚至得在一天之中經歷好幾次的自我厭惡你知道嗎！」

破口大罵完，徐翰烈隨即低頭撇下目光。他緊緊抓住白尚熙仍然扣著自己身體的手掌，指甲因為用力而陷進白尚熙手背的皮膚裡。

「你為什麼就是不肯輸給我一次呢？像你這樣的傢伙，不是都很習慣屈服於別人了嗎？」

「……對啊，到底有什麼難的？」

欣然附議的白尚熙倏地捏住徐翰烈的雙頰。頰肉受到擠壓，徐翰烈的豐唇被擠得嘟了起來。白尚熙掐著他的嘴，在上面輕吻了一下，動作快到徐翰烈來不及做出抵抗的反應。那張頓時填滿徐翰烈的視野又迅速退開的面容帶著一種莫名的執念。

「偏偏我就是不要。」

聽到他後面補上的這句話，徐翰烈瞬間皺起眉頭。為了確認意圖，他的目光在白尚熙雙眼間來回梭巡，滿載著濃濃的疑惑、混亂，以及憤怒。然而白尚熙態度堅決，沒有分毫動搖。每當徐翰烈面對這一張麻木無感的面孔時都不知道該如何是好。

他生氣地拍掉白尚熙捏住自己臉龐的那隻手。

「我不是說了，叫你乖乖按照我的指示去做就好，少在那邊裝出一副戀人的姿態。」

「戀人的姿態？我給你這樣的感覺？」

徐翰烈只覺得內心有什麼東西飄渺地墜落至腳下。這是他和白尚熙在一起時經常有的感受。

「走開。」

臉上神情冷峻地凍結，他推開白尚熙要走，白尚熙卻抓住他不讓他離去。徐翰烈奮力甩開那隻手後逕自離開了房間。玄關大門驟然開啟，砰地一聲，被狠狠關上。

頓時被留下的白尚熙搓了搓臉，躺倒在床上。這段期間累積的疲勞一擁而上，令他全身無力。微醺的酒勁也加深了倦意，而他竟無法輕易入眠。

他翻身換了個姿勢，屈起一隻手臂枕在頭下。隨著仰躺而睜開的雙眼無意義地呆望著天花板。「戀人的姿態……」他忽然默念了一遍，反覆琢磨著徐翰烈說過的話。

意識早已溜回到了過去，沒有在當下停佇逗留。

✳

隨著天氣逐漸炎熱，白尚熙越來越難找到一個適合打盹的地方。尤其學生主任現在時不時就在校園內到處巡邏，實在是無處可去的白尚熙最後找到的所在就是保健室。每次被問到是哪裡不舒服時，他總會用肚子痛、頭痛、好像中暑了、受了風寒、昨晚熬夜打工所以頭暈等等一籮筐理直氣壯的理由來搪塞。有一次被保健室老師問到為何老是不肯回去上課，他才大致地說明了下自己的情況，老師聽了之後答應他「只能待一小時喔」，對他蹺課的行為睜一隻眼閉一隻眼。

「老師，我今天好像吃壞肚子了。」

那一天的白尚熙也是一踏進保健室就厚著臉皮裝病。由於門是開著的，他理所當然地以為老師在保健室裡。結果正前方的辦公桌座位是空的，裡面也沒有人應聲。

白尚熙猜想老師大概是去洗手間了吧，很自動地走向了床位。他沒作多想地拉開圍著的隔簾，動作瞬間停頓了頓。眼前出現一個意料之外的人物。躺在床上的不是別人，正是徐翰烈。他入睡時臉部線條純然放鬆的模樣和白尚熙印象當中的形象截然不同。

窗外吹來一陣風，窗簾隨風飛舞了起來。呆呆站在窗前的白尚熙後頸被揚起的窗簾下擺不停地搔癢著。他出神地盯著徐翰烈看了一陣子，然後直接在他面前坐了下來。視線齊平了之後距離也跟著縮短，讓他能將那張白皙的臉蛋看得更為清楚。他們正值受賀爾蒙影響的青春期，但徐翰烈似乎體毛特別稀疏，一般男生該有的鬍鬚都沒長幾根。臉上肌膚幾乎沒有明顯的毛孔，如同水煮蛋的表面一樣光滑柔嫩。

白尚熙不由自主地伸出手，碰了一下那白淨的面頰。軟軟的觸感果然跟水煮蛋一樣。他看著徐翰烈，莫名冒出一個念頭。這個人擁有的壞脾氣是不是就像毒蘑菇一樣，畢竟他所知道的「毒物」全都有著光鮮亮麗的外表，引人碰觸，要不就是生著一副好欺負的樣子，若是不含致命的劇毒，很容易遭人踐踏採擷。

「……」

白尚熙再次戳了戳徐翰烈的臉，他也沒戳多大力，閉合的唇瓣卻打開了一點縫隙。那飽滿的外唇和微張的嘴裡都是潤紅色的，而且大概柔軟得沒有任何東西可以比擬。

他的視線緩緩下移，掠過沒有半點疤痕或粗厚角質的乾淨胳膊，來到整齊的指尖。徐翰烈如果是女人，他們兩人的關係應該會朝向完全不同的方向發展。真可惜。白尚熙已經不太記得這句話單純是他內心的感想還是自己脫口而出的呢喃。

「是誰在那裡呀？」

他沒能在這裡待太久，因為保健室老師很快就回來了。完全沒有察覺到開門動靜的白尚熙受到不小的驚嚇，恍然之間如夢初醒。事情明明不該如此，他卻情不自禁地沉醉在這樣的思緒當中。

白尚熙慢條斯理地起身，將床邊的隔簾重新拉上。保健室老師這才發現了他的存在，一時睜圓了眼。

「哎呀，又是你啊？」

「老師好。」

「好啊，今天又是哪裡不舒服啦？」

保健室老師在辦公桌前坐下，一邊戲謔地笑道。

「我好像有點拉肚子，不過現在已經沒事了。」

「什麼？」

老師古怪地皺起眉頭，像是又好氣又好笑地笑了出來。「那我先走了」，白尚熙低頭鞠躬完便離開了保健室，從此沒有再踏進去一次過。

他一向討厭複雜的事情。不用刻意製造問題，他的人生已經夠忙亂吃緊了。只要碰到徐翰烈準沒好事，總是因此會扯上麻煩，不管是眼前的狀況或腦子裡的思緒都會變得極為紊亂。遇上不想解決的問題？直接跳過它便是上策。

外面傳來一聲沉重的爆裂音，白尚熙前去查看。只見便利商店正面的玻璃牆上裂開一個大縫，造成玻璃碎裂的那塊大石頭正滾落在階梯上。他打開門鎖向外頭看去，徐翰烈已經消失了蹤影。店長一臉不高興地四處檢視著那片無法復原的玻璃牆。

「什麼啊，這誰幹的？剛才那個孩子嗎？」

白尚熙不發一語地將台階上的石塊移至一旁。那塊石頭相當沉重，單單用腳隨便踢都踢不太動。虧他還能撿得了這麼重的東西來丟。

「還偏偏砸在這裡，唉，這下得換掉整片玻璃才行了。總之先報警……不對，要先通知老闆……」

店長連聲嘆息，口袋裡的手機一下掏出來一下又放回去。要是給老闆知道了，一定會怒斥說沒有好好顧店到底在幹些什麼。只顧著在裡面接吻的兩個人根本沒有什麼合適的理由好辯解。

「尚熙，你說你認識他對吧？」

店長追問著一副事不關己的白尚熙，而他只是緩緩對上店長的眼睛，沒有說話。

「怎麼了，他不是穿著和你一樣的制服嗎？」

「我不太清楚耶，而且也不能保證一定就是他做的。」

「這是可以隨便包庇放他一馬的事情嗎？沒有把罪魁禍首找出來，到時挨罵的就是我們了。」

急得跳腳的店長忽然想到了監視器的存在，連忙跑進倉庫裡。白尚熙也跟著她一起確認監視器錄到的畫面。徐翰烈扒著上鎖的玻璃門大肆搖晃、又踢又踹的模樣被拍得一清二楚。就算畫質不佳，仍能清楚看見他那個氣吁吁起伏不已的肩膀。

「果然是那小子幹的。」

店長將影片倒回去重新看了一次，言之鑿鑿地推論。白尚熙自始至終態度淡然，不像她那樣熱中於偵探遊戲。然而在看到徐翰烈憤而丟擲石塊的那一幕時，他忍不住嗤地笑了出來。店長回頭打量他，像是目擊到了什麼詭異的場景。

「怎麼了？」

「你莫名其妙地笑什麼？」

「不是」，白尚熙指著螢幕畫面：

「不知道該怎麼形容比較恰當……但，妳不覺得他很搞笑嗎？」

白尚熙用他慣有的平淡語調嘀咕的這一番話令店長難以理解。

「哪裡搞笑了？不就是個瘋子嘛。」

「他是因為我才這樣發飆的，就因為我不肯理他。」

「該不會就是他吧？那個揍你刁難你的男生？」

白尚熙雖然沒有回答，沉默往往代表了默認。他時常去了趟學校回來，一下子是哪裡冒出瘀青，一下子是制服變得濕答答的。店長看了總是感到很訝異，儘管他性子極為溫吞，照理說這樣的體格在外面應該不至於受人欺侮，但剛才發生的一連串事情看下來，大致能猜想到是個怎樣的情況。這並不是完全的欺侮，就某部份來說，也算是白尚熙自己咎由自取。

「你說他會這樣刁難你是因為你無視他？那他同樣無視你不就好了，為什麼要這麼做咧？」

「他習慣所有的事都要順他的意才肯善罷甘休，他從小到大都是要什麼就有什麼。」

「又不是什麼一兩歲的小孩子……既然會追到這裡來做出這種事情，可以想見他在學校是怎樣的德性，你怎麼不乾脆配合一下，假裝拗不過他不就好了？這樣身體也不用受他折騰啊。」

「我不喜歡讓事情變得複雜。」

「有什麼複雜的？」

「那是因為妳什麼都不知道才會這樣說。」

人家好意提出衷心的建議，白尚熙卻沒好氣地頂了一句，繼續重看著監視器的影片。他的眼瞳聚精會神地盯著徐翰烈的一舉一動。

「我希望他可以繼續這樣下去。」

「什麼？」

「反正他已經什麼都有了，少我一個又如何。」

隨之而來的囁嚅就像是在自言自語，店長雖然一字不漏地聽見了，卻是滿頭霧水，不解其意。

「我完全聽不懂你在講什麼，是說仔細一想才發現，你老愛在一些奇怪的地方要心機呢？」

店長搖著頭從位子上起身。白尚熙的視線仍離不開監視器畫面。只見徐翰烈在反覆重播的影片當中一而再再而三地丟擲著石頭。白尚熙突然轉頭看向那片裂開的玻璃牆——那傢伙當時的神情該有多氣憤呢？光是用想的他就覺得興奮，後頸的汗毛都立了起來。

在此之前，白尚熙從未遇過會讓他感到著急難耐的對象。那個時期的他並不在乎這些。只要對方是女性，並且對他施予一點小小的善意和親切的關懷，他心房上那個不堪一擊的門閂就會立刻鬆脫。只要能提供白尚熙一個過夜休息的地方，或替他安排工作、分他一點溫暖體溫，無論對象是誰他都好。和他人進行肉體上的親密接觸，能消除他那股莫名的飢餓感，在短暫的慰藉後，對於對方或多或少也會產生一點喜愛之情。也許他就像人家常說的，錯把肉體的激情當成了愛情吧。但白尚熙覺得這樣也無妨，那種只和特定對象發展關係交流感情的方式反而更令他感到困擾。

在唯獨兩個人存在的狹隘關係之中，想必沒有任何一方能獲得真正的滿足。要保持兩人關係的平衡並且一直維持下去，是個難題，需要相當大的耐心，必須持續地花費心思才行。偏偏這是白尚熙最沒有自信的領域。他完全不想招惹那些會讓人頭疼心煩的事情。反正他根本不需要全心投入就已經能充分緩解一時的饑餓。對於尚未成熟的白尚熙來說，近在眼前的現實層面問題已經夠他煩惱的了。

況且就算拋開這一切不談，徐翰烈畢竟是個男的。比起好感，他的態度感覺更像是帶著敵意，要賴地纏著白尚熙要他交出他給不了的東西。這是一種對於求而不得的執著，加上一股「就憑他這種傢伙也敢拒絕我」的憤怒。

明知如此，白尚熙仍是縱容地由著他去。雖然他也覺得徐翰烈的所作所為實在是有點煩人，偶爾為此頭疼不已，但白尚熙完全沒有要親自出面解決問題的意思。他認為只要自己視而不見，對方久而久之就會自討沒趣地主動放棄，不再繼續糾纏。況且徐翰烈這麼心高氣傲的一個人，放棄的速度應該也會比誰都還要來得快。不過，看來是白尚熙打錯了如意算盤。

徐翰烈總是一臉的忿恨，用一種他其實也搞不懂自己的凌亂眼神在追逐著白尚熙。同性的同齡人這樣窮追猛打固然令人感到噁心排斥，然而，覺得他這樣很有趣而持續觀望下去的白尚熙確實也正常不到哪裡。要是打從心底厭惡、真心希望他停止一切行為，比較有效的作法應該是假裝服輸，乾脆就先順了他的意。這並不是什麼難事，白尚熙卻沒有選擇這麼做。

因為他很想知道，徐翰烈為了得到如此濫情低賤的自己，能夠將自尊下放到什麼程度。他很好奇，徐翰烈到底為了他可以堅持到什麼時候。

09

Melting Sugar

SUGAR BLUES

「我可以坐這裡嗎？」

白尚熙因這聲詢問抬起了頭。印雅羅不知道什麼時候來的，正端著餐盤站在那裡。白尚熙回著「請坐」，闔起了看到一半的劇本。這是兩人自從《引力》殺青後時隔十日的碰面。

印雅羅省去了最近過得怎樣的寒暄，直接對他說了句「吃吧」。白尚熙也直爽地點頭。兩人悠哉緩慢地進食，胃口極佳地吃光了頗具份量的餐點。由於經常目擊這幅光景，公司裡已經公然稱他們為吃播二人組。要是遇上兩人一同用餐的日子，就連在廚房裡工作的職員也都會忍不住跑出來偷看一眼。大家甚至開玩笑說，若下次他們倆有機會再合作，希望可以拍一些跟食物有關的電視劇或電影。

待雙方都放下筷子之後，對話的大門終於開啟。

「前輩有好好休息嗎？」

「嗯，就一直待在家。想到以前還可以同時軋三四部戲的說，現在真的是不行了。你懂吧？就算想玩也心有餘而力不足的那種情況。聽說你一結束就要立刻投入另一部作品的拍攝，應該很辛苦喔？根本沒有休息到嘛。」

「沒有啦，這段期間已經有充分地休息了。」

「水漲船高時要順水推舟是吧？那個就是你接下來要拍的作品嗎？」

印雅羅用下巴指了指桌上的劇本。白尚熙應聲答是，她便問說「可以借看一下嗎」。白尚熙大方地將劇本遞了過去。

「……嗯，感覺不錯耶？這種題材觀眾應該會感興趣，劇情發展或角色雖然好像很常見卻不會顯得老套。故事行進的速度或沉浸感都很好。通常這種類型的戲劇很容易偏重於驚悚或是浪漫愛情片的單一走向。雖然這只是開頭的部份，但是比重看起來分配得滿不錯的。」

印雅羅暫時蓋起劇本，確認封面上的製作團隊名稱。

「金賽迪？我第一次看到這位作家欸？」

「聽說是新人作家，作品在電視台的劇本招募比賽當中獲選。」

「喔？所以才又加了姜永珠作家啊？而且是金南亨 **PD** 執導的話，品質應該沒問題，值得信賴。女主角是誰來演？」

「是韓再伊小姐。」

「再伊？很好啊，沒有人比她更適合演對手戲了，不管是怎樣的角色她都能詮釋得恰到好處呢。」

印雅羅彷彿在談論自己的事一樣，高興地直點頭。隨後卻又不懷好意地彎起了眼睛：

「是說……這部戲看點在你們兩個身上是吧？聽說男主角是尹羅元？」

「是的。」

「大家還真是壞心啊。」

她噗哧地笑了出來，把劇本還給白尚熙時還客套地問說「有沒有什麼我能幫上忙的」。白尚熙輕輕聳了下肩膀。

「我之前演過好幾次類似的角色，已經很習慣了。看那個劇本，感覺和先前扮演過的人物沒有什麼太大的差別。」

「只是你所飾演的人物和故事的主線對立的這一點，讓你覺得不太習慣？」

聽見印雅羅神準地說中了他的問題點，白尚熙默默地點頭承認。眼見印雅羅望著自己的笑容漸深，白尚熙露出了不解的表情。

「怎麼了？」

「沒什麼，只是想到第一次見到你的時候，感覺就像一塊磨得十分光亮、沒什麼反應的木頭，現在總算是對演戲產生出一些興趣來了啊。」

白尚熙沒有回話，只是摸了下耳垂，儘管是個不經意的小動作，卻顯得有點難為情的樣子。當然，也有可能是印雅羅多心了。

以一名演員來說，白尚熙情緒平穩到連印雅羅都感到神奇的地步，偶爾卻又能從他身上感受到一股赤子般的純真。譬如說，他會毫無掩飾地坦率表達自己的想法，或是聽見他人稱讚時反應相當樸實的這一點。外表看起來明明像隻未曾被馴化的野生獸類，沒想到只要對他釋出些微善意，他便馬上卸下心房朝你靠近。

「演技這種東西沒有人會替你決定方向，也不像在學校有老師逐一指示教導。先前你感到茫然無措，獨自走了很多冤枉路，但一旦受到稱讚，那些過往便忘得一乾二淨了對吧？」

「對。」

「肩膀也得意地聳了起來，心情是不是變得很好啊？」

白尚熙噗地笑了，再度答了是。印雅羅跟著他揚起微笑，在自己胸口拍了兩下。

「你只要一邊想著當時那種心情一邊演戲，茫然的感覺便會自動消失的。至於你現在感到徬徨的部份，其實也不用太過煩惱，為什麼？有些時候反派角色反而比主角更具魅力的不是嗎？反派所展露的自卑感或憤怒因為顯現出人性而受到大眾理解的情況也是常有。我認為反派的角色不一定要演得很壞，在成為一個死對頭之前，他其實就跟主角一樣是個普通人不是嗎？」

印雅羅說了這些，卻又彷彿能理解白尚熙的煩惱，補充說明道：

「不過，畢竟你這個角色還不確定是不是真的反派，的確是有點難以琢磨……但我覺得這樣反而更好。假如貿然將角色區分為好人或壞人，演技也會為了要配合那個形象而表現得過於極端。這樣的話就不像是個人物了，變成一個為了劇情走向而被輕易利用的工具，使得觀眾不會想要去理解或是特別產生興趣。也許你會很自然地覺得，因為飾演的是反派，為了成全主角們的幸福，壞人的下場只能任人處置。但對於主角來說不利的選擇，套用在壞人身上，卻可能是最佳的選擇。到最後，只差在你是否具備足夠的說服力。要產生說服力，最重要的就是必須能同理這個人物對吧？我認為以你的能力絕對是沒問題的。拍《引力》的時候你就做得很好了不是嗎？你會覺得跟拍《引力》的時候不一樣，應該只有一個原因吧？」

因為你並沒有像上次那樣站在自己的立場，而是配合著故事的劇情走向在看待你飾演的角色。你可能會想，反正所有的劇情都是為了主角而驅動的，觀眾們的關注點大多也都僅限於主線內容而已，但這並不代表配角們就可以輕忽自己的角色。每個人物都應該要有個別的敘事線，只不過是沒有佔用到戲份和時間而已。在每一條細小水流的不斷匯聚之下，才能形成具有份量的主線洪流。因此，比起整體故事，你必須率先投入在『修皓』這個人物當中。」

不過短暫地交談了一會，白尚熙便覺茅塞頓開。對他來說，多虧了有印雅羅的幫助，他才能夠順利完成《引力》的拍攝，進而對演技產生興趣。她就如同白尚熙實質上的人生導師一般。

當初要不是自己接受了徐翰烈的提議，恐怕這輩子不會有這個機會和她認識。要是講給徐翰烈聽，他大概會反駁說「請她來不是為了給你當老師的」這種話吧。

「突然在傻笑什麼？」

白尚熙猛一回過神，印雅羅正用一種古怪的表情看著自己，這才發現自己不小心想到別處去了。他呆愣地搓了搓自己的臉頰，隨即斂起本人毫無自覺間露出的一抹微笑。

「也沒必要變得這麼嚴肅吧」，印雅羅一邊損他一邊起身。白尚熙也拿起空盤跟在她身後。

「你喝咖啡嗎？」

「咖啡我來請，我們一起下樓吧。」

「既然是我先提起的，就該由我來請，走吧。」

於是印雅羅帶頭走在前方。兩人在電梯前並排站立等待之時，她還透過電梯門的倒影觀察著自己的身材，甚至大剌剌地揉捏著手臂內側的贅肉。

「我們公司的伙食這麼好吃實在是最大的優點也是缺點。來這裡之後，我感覺自己一下子胖了好多啊。」

「看不太出來耶，應該可以再多吃一點也沒關係的吧？」

「哦？說起謊來臉不紅氣不喘的，我還以為你不懂得拍馬屁呢。」

「我是說真的。」

「看看你，到底用這種木訥正經的表情迷倒了多少人啊？」

印雅羅當面消遣著白尚熙，往他肩上拍了兩下。電梯這時剛好抵達，正要踏進電梯裡的印雅羅動作忽然停頓。原來徐翰烈和楊秘書正巧在電梯裡，看來是剛從地下停車場上來的樣子。

在這個微妙交鋒的情況下，楊秘書先行頷首行禮。「您好。」印雅羅也立刻笑著打招呼。期間，白尚熙和徐翰烈的視線則是對在了一起。兩人上一次見到面是《引力》殺青聚餐結束後，在白尚熙家裡那次短暫的碰面。那天之後徐翰烈已經整整十天沒有找過白尚熙了。他望著白尚熙的那雙眼裡充滿了排斥之意，令白尚熙不知為何有點想笑，又覺有些難堪。

「徐代表，好久不見了。」

印雅羅的聲音適時地響起。徐翰烈將目光轉移到她身上，繃緊的氣氛瞬間緩和下來。他點了下頭，「請進吧。」白尚熙和印雅羅這時才走進了電梯裡。

「要去幾樓？」

楊秘書一詢問，白尚熙便自行按下一樓的按鈕。他趁機朝向徐翰烈傾斜身體，暫時縮短了兩人之間的距離。熟悉的那股香水味霎那間變得濃郁。徐翰烈的視線無聲地觸及白尚熙的指尖。當白尚熙站直身體時，徐翰烈已經目不斜視地朝正前方看去，同時開了口道：

「據我所知，現在應該是印雅羅小姐的休息期間吧？」

「每天都待在家裡開始感到厭倦了，也突然很想吃公司的伙食，所以就跑來了。徐代表吃午餐了沒？」

「剛吃完回來。」

「我們現在正要去喝杯咖啡呢，要不要一起去啊？」

印雅羅毫不猶豫地向他提出邀請。白尚熙的目光落在了徐翰烈的左側臉頰上。

「不用了。」

徐翰烈直視著前方，謝絕了印雅羅的提議。電梯此時也抵達了一樓大廳。「那麼下次再見囉。」印雅羅說完先走出電梯，尾隨其後的白尚熙陡然回頭，準確地對上了徐翰烈的眼。

楊秘書眼明手快按住了開啟鍵，大概是以為他們有什麼話要說。然而徐翰烈卻馬上下了指示，「走吧。」隨著手指頭鬆開按鍵的動作，電梯門也開始關閉。徐翰烈刻意地調開了停駐在白尚熙身上的視線。看起來莫名悶悶不樂的側顏被白尚熙的視野所捕捉，一閃而逝，迅速消失在變窄的門縫裡。

就在兩扇門片即將閉合之際，電梯門忽然再度打開，似乎是有人從外面按了電梯按鈕。偏偏門外就只有白尚熙一人。楊秘書忍不住驚訝地看著他。突發狀況下，徐翰烈撇至一旁的視線復又朝白尚熙投來。四目相對，徐翰烈卻面色平靜，臉上看不出任何不爽的跡象。「池建梧先生？」楊秘書試圖詢問他的用意，而白尚熙只是持續注視著徐翰烈。

「真的不想喝點什麼嗎？」

他詢問的態度十足淡定從容，彷彿剛才什麼事都沒發生。徐翰烈面對著他的臉終於皺了起來，「池建梧先生。」呼喚姓名的語氣也無比生硬。

「我應該有提醒過你不要得寸進尺吧？」

「只是想邀你一起喝杯飲料也是得寸進尺嗎？」

「這裡是公司，注意你的態度，別這麼吊兒郎當。」

徐翰烈低聲警告完白尚熙，簡略地用下顎示意了一下，楊秘書點點頭，立即將電梯門關上。電梯隨後直達五樓，白尚熙卻遲遲沒有離開電梯門前。一直到印雅羅

在身後問他在幹嘛、催促他之時，他才自嘲地笑著轉過了身，沒有多說什麼。

✳

《按照神的旨意》一劇，全體演員的會議兼劇本圍讀是在製作公司的大樓內部進行的。直到《引力》二月份的宣傳工作開始之前，白尚熙將會全心專注在該部作品。

雖然製作方讓尹羅元和白尚熙同時演出這部戲，想要藉此吸引初期話題性的想法顯得過於輕率，但作品本身和製作團隊倒是無可挑剔。負責執導的金南亨PD很了解大眾口味，而且懂得用獨特的洗鍊手法表現。他的拍片風格不受到形式拘泥，偏向於跟隨靈機閃現時的直覺，靈敏到甚至在業界當中獲得精明幹練的評價。而且他的選擇通常都能引起不錯的反響。

能夠預測他人之不幸的女主角「溫婷」是由韓再伊所飾演。她一連出演了好幾部引領韓流熱潮的作品，獲得了「新亞洲公主」的稱號。韓再伊有著紮實的基本功，無論和誰演對手戲都配合得很好，能夠讓對方的魅力得到充分的發揮。也許正因為如此，男性的新人演員中想和她共演的比例幾乎是百分之百。

飾演「祈源」一角的尹羅元儘管因為不光彩的戀愛傳聞飽受煎熬，但從他偶像時期開始累積的海內外粉絲還是具有一定的影響力。考量到往後海外版權的銷售通路，製作方找不到幾個比他更好的人選。再加上「祈源」非常細心地接近患有社交恐懼症的「溫婷」，飾演這個角色對尹羅元來說是個提升形象的好機會。既然存在著此一明確目的性，想必尹羅元也不會馬虎行事。

白尚熙扮演的「修皓」是個與「祈源」形成對比的角色。雖然看似在富裕的家庭過著順遂的人生，其實他的童年因為「祈源」和愛著祈源母親的父親而充滿了不幸。由於父親的外遇，親生母親的愛也不完整，他成了一個不具人情味、秉持著績效至上主義的人物。「修皓」同時也是無時無刻想伺機取走「祈源」性命的嫌疑人之一，隨著結局劇情發展，極有可能成為最終的反派角色。

在白尚熙回顧著主要登場人物之間的關係和特徵的時候，他的保母車抵達了製作公司。白尚熙獨自前往大會議室，留姜室長在停車場等待。先行抵達的導演組和幾名演員正在聊著天。

白尚熙一入內，立刻摘下棒球帽鞠躬問好。「歡迎歡迎。」金PD笑著說道。白尚熙一邊走向指定好的位子，沿路向其他演員們一一點頭行禮。「幸會啊。」旁邊的中年演員主動要跟他握手，臉上還掛著頑皮的笑容。他除了一手包辦搞笑的甘草人物，平時也是以一副好口才而聞名遐邇。

白尚熙恭敬答是，伸出手回握，沒想到交握的手掌登時被對方拽了過去。中年演員細細地審視著白尚熙近距離之下的臉孔。

「這位小哥，仔細一瞧似乎更帥了呢。我說啊，金PD，大明星的那個角色不該給羅元，應該讓他來演才對吧？」

他搞怪的玩笑話讓眾人聽了紛紛發笑，現場那股不太自然的尷尬氛圍因此稍微舒緩了幾分。

沒多久，其他演員陸續現身。韓再伊也準時地抵達。她臉上長長的一片瀏海遮住了整個眼睛，似乎已經在醞釀「溫婷」這個角色的形象。不過她說著「大家好」的聲音卻不同於陰沉的外表，相當明快有力。

金PD對著演員們巡視一圈後，確認了一下手錶的時間。就快要接近開始的時間了，尹羅元卻遲遲還未出現。金PD苦惱了一會，隨後和編劇作家們說了幾句話，便從座位上起身。

「看來尹羅元先生會比較晚到呢，我們自己還是先來打招呼吧。結束之後還有安排聚餐活動，所以在這邊就先簡單地自我介紹，每個人說一句參與拍攝的想法這樣。很高興見到大家，我是擔任導演的金南亨。為了能讓現在在場的演員們，還有我們工作人員，所有人從頭到尾順利地完成這部作品，我會盡最大的努力來拍攝，還請各位多多給予協助。」

金PD起了頭之後，每個人開始輪流向大家問好，這算是進入劇組的一項慣例。持續待機中的製作團隊人員們勤奮地用鏡頭捕捉著現場的氣氛，拍攝的照片將作為日後宣傳的素材。

等到演員們差不多都打完招呼了，緊閉的門才終於打開。尹羅元一臉爽朗地登場。

「對不起，車子出了點問題所以來晚了。怕會發生這種突發狀況，我還事先要他們檢查一遍了說。」

他把責任推卸給不知名的對象，一派的嘻皮笑臉。跟在他身後的造型師和經紀人連聲道歉，一邊說著「請多多關照」，一邊發放咖啡給大家。尹羅元趁著這時親切有禮地和前輩演員們打招呼。「再伊哈囉。」碰到韓再伊時，他展現一副親暱的態度。韓再伊只向他點了點頭。尹羅元對著不認識的演員們也熱情周到地用目光向他們致意，最後才望向對面的白尚熙。

「建梧先生也是，最近過得好吧？」

白尚熙此刻才注視著尹羅元，沒有特別回話。儘管他打從一開始面色就相當淡漠，但在這種情況對比之下顯得他表情特別地僵硬。一股微妙的緊張感促使會議室裡的所有目光都集中在這兩人身上。

「嗯？建梧先生怎麼好像看到我一點都不高興啊，還是太久沒拍戲了，你會緊張是嗎？」

尹羅元咧起嘴來，衝著白尚熙笑說「臉部表情放鬆一點嘛」。十多年來已成反射動作的笑容裡找不到一絲惡意。白尚熙直視著他那副油嘴滑舌的模樣，當場生生挪開了視線。

明顯的忽視動作讓周遭的空氣產生微不可見的動盪。畢竟就在不久前才剛有報導指出兩人在Laf and Dear的時裝秀上重逢，雙方消除了先前的疙瘩，破冰和解。當然，身為演藝圈的相關人士，根本不會有人照單全收地相信這個說法。

「尹羅元先生，還沒打完招呼的待會再繼續，你先坐下吧。」

金PD的適時介入平息了難堪的氣氛。尹羅元臉上帶著笑，老老實實地答了聲「好的」。但在劇本圍讀的過程中，他的注意力卻一直放在白尚熙身上。每當白尚熙誦讀著自己的台詞時，他便無端地訕笑，要不就是在一旁搖頭。韓再伊和其他幾位演員都有察覺到他不自然的反應，相繼朝他們倆瞄了幾眼。白尚熙本人卻是根本不以為意。此次的劇本圍讀最終便在有些凌亂的氛圍之下結束。

聚餐訂在鄰近的餐廳，大伙分頭各自前往。白尚熙傳訊息告訴姜室長他已經結束，同時邁著長腿移動腳步。然而他沒走多遠就被迫停了下來。已先離開的尹羅元此刻正擋在他的前方。兩人一對視，尹羅元便用下巴朝逃生出口的方向撇了下，他的經紀人在身邊支支吾吾地看著他的臉色。

製作公司的職員們剛好在這時經過走廊，來回地看著對峙中的兩人，這樣的畫面恰恰最容易讓人閒話。如影隨形的八卦謠言已經夠多了，白尚熙不希望再引起不必要的傳聞，他於是順從地跟著尹羅元過去。

樓梯間充斥著尼古丁的氣味，讓到處貼在牆上的「絕對禁菸」警告標語變得黯然失色。尹羅元也毫不猶豫掏出菸來吞雲吐霧，故意似地把煙霧往白尚熙臉上噴。

「把你安插進這部戲裡的人，是我。」

突然冒出來的一句話讓白尚熙挑起眉毛。尹羅元加重了嘲笑之意。

「聽不懂嗎？我說我答應接下這部戲的條件，就是要求讓你也一起出演。」

他解釋了半天，也不見對方有更大的反應。和尹羅元正面相覷的白尚熙是一派的漠然，徹底的麻木不仁。「你看起來怎麼一點感激的意思也沒有？」尹羅元邊說邊扔棄了手上的菸，從指頭間彈落的菸頭掉在了白尚熙身上才又落至地面。白尚熙低頭盯著自己沾上菸灰的衣服，再度注視著尹羅元的那張臉龐上仍是找不出什麼變化，唯有雙頰暗地僵硬了起來。

「別人都以為我們已經和解了，殊不知現在才剛要攤開來談呢。部隊裡的飯好吃嗎？本來是想讓你吃牢飯的說。」

即使對方一點反應也沒有，尹羅元還是沒有停下他的冷嘲熱諷。

「我有時睡覺睡到一半，被你揍過的地方還會突然害我痛醒呢。竟然都已經快三年了，時間過得真快不是嗎？」

「……」

「這麼說起來，你的小妹現在也差不多成年了吧？自古以來，女人就是要趁鮮嫩欲滴的時候品嚐才不會倒胃口啊。」

白尚熙依舊是不為所動。就算是看著再無聊的電影應該也不至於像他這樣毫無反應。

「媽的，你在軍隊裡想幹炮的時候都是怎麼忍下來的哈？該不會是對著人家菊花下手了吧？」

「屁話都說完了嗎？」

隔了好一陣子才響起的嗓音又低又沉。居高臨下地看著尹羅元的眼神裡讀不出任何情緒，因此顯得更加的冷冽。

尹羅元拚命地扯開他不由得僵住的嘴角。

「怎樣？又要打我了嗎？一個做鴨的這麼不知天高地厚，氣焰囂張，看來是有個厲害的後臺啊？這次又是哪位？那個叫做徐朱媛的女人嗎？還是淪落到幫有雞雞的傢伙舔屁眼是不是？上次看你緊貼在徐翰烈身旁磨磨蹭蹭的那副樣子真是不像話，果然是轉性啦？」

「……」

「為什麼不回話？看來被我說中了吧？對啦，我當初就覺得很可疑了，為何日迅會說只要和你達成和解協議就答應讓我拍他們家的廣告，我完全沒有頭緒，到底你和他們是有啥關聯。後來我想起你的那個特殊技能，終於解開心中的疑惑。是沒想到你竟然願意去攀附一個臭小子啦，那個晦氣的傢伙味道如何？臉長得那麼漂亮，後面的滋味也很不錯嗎？」

他話都還沒說完，轉眼間，白尚熙的手已經抬了起來。尹羅元不禁畏縮地瞇起了雙眼，但是等了半天也沒有感覺到該有的痛感。他眼皮掀開一條縫隙偷看，白尚熙懸在半空中的手像是等待已久地朝他迎面撲來。尹羅元再度縮起肩膀，身體忍不住蜷曲，甚至不自覺地發出了「呃呃」的哀叫聲。不過這次依然沒有出現想像中的衝擊。他糊里糊塗地睜眼，只見白尚熙的手掌正停在他臉龐極近之處。

「去你……媽的，搞屁啊，你這王八蛋！」

尹羅元的臉霎時漲紅，白尚熙像是在撇除麻煩似地將他的臉推至一旁，然後打開被他擋住的那道門走了回去。後方傳來尹羅元怒不可遏暴跳如雷的聲音，白尚熙也不在乎。對面走過來的某個人主動向他打了聲招呼，他若無其事地頷首回禮。

他直接搭乘電梯，按了地下樓層。冷靜的面孔一點也不像才剛被人挑釁過的模樣。再怎樣刺激的戲碼，太過頻繁也會變得了無生趣。尹羅元自從得知白尚熙和自己母親的關係之後，挑撥事端的形式總是千篇一律。

電梯下降至停車場的期間，白尚熙怔怔地看著自己碰了尹羅元的右手。恍若碰到了什麼髒東西似的，他用拇指輕輕搓了搓手指頭的前端。一看到自己就毫無保留地表露出反感、氣憤地大吵大鬧、無理取鬧地耍性子，這些反應令他聯想到了某個人。

『你為什麼那樣對我啊？』

光是從態度本身來看的話，徐翰烈和尹羅元顯然是很相像的。儘管如此，他在面對這兩人時的心情卻是大不相同。

『那你又是為什麼那樣子對我？』

並非所有問題的前提都是以無知作為出發點。白尚熙也早在很久以前就知道了這個答案。

徐翰烈和尹羅元，兩人打從一開始就不可能會是一樣的。

從傍晚開始的酒席一直持續到了深夜。那些愛喝酒出了名的前輩演員們不停地互敬勸酒，白尚熙也不好拒絕。

過了午夜，開始接連出現離席後的空位，還有幾個人已經直接趴倒在桌上。吸氣時，那股獨特的酒精味陣陣襲來，白尚熙想到外面去吹風透個氣。

他安靜地起身，卻被同桌的前輩演員質問他要上哪裡去，不斷用手比劃著要他坐下。說他如果是想抽菸的話直接在座位上抽就好。餐廳裡早已是煙霧瀰漫的狀態，光是待在裡面就感覺眼珠子被燻得痠痛。白尚熙用上廁所當藉口，好不容易終於溜到外頭。

已經在外面透氣的幾名工作人員向他點點頭，白尚熙也簡單地用眼神回以招呼，和他們隔了一段距離站著。他深吸一口氣，冰涼的空氣猛然灌進肺部填滿了胸腔。一晃眼已是冬季。

「怎麼啦，不舒服嗎？」

白尚熙吹了好一陣子的風，姜室長也跟著出來了。他嘴裡唸著「你好像喝了很多啊」，露出了擔心的眼神。

「才喝那點酒不至於怎樣啦，倒是你還不用回家嗎？」

「早上出門前有先報備說今天要聚餐。」

「裡面好像差不多快結束了，你看要不要就先回去，反正我搭計程車也可以。」

「放著好好的保母車不坐搭什麼計程車啦，你這小子。」

「要載我回去的話，你不就又還要很久才能到家嘛。」

姜室長簡直像在耍酒瘋那樣猛揮手，駁回白尚熙的提議。白尚熙只好問道：

「怎樣？是怕留我一個人又會惹出麻煩嗎？現在不會了啦。」

「管你惹不惹麻煩，反正我的工作就是在行程結束之後把你平安無事地送到家，你別想干涉我。」

姜室長堅決地撂下這句話，然後冷不防地用手肘頂了一下白尚熙的腰側。原來是尹羅元出現了。他親切地對正在抽菸的工作人員們搭話，問他們有沒有吃飽。他的經紀人配合著他的問候遞出了某個東西——是解酒飲料。先前請喝咖啡的時候也是一樣，這些通常是新人菜鳥才會有的舉動，難道他真如此戰戰兢兢？

尹羅元的視線很快地注意到姜室長和白尚熙。彷彿在逃生樓梯間挑釁的那個人不是他一樣，他笑得毫無心眼：

「建梧先生也來一瓶吧。再怎樣能喝、來者不拒的高手，畢竟也不如從前了嘛。要是還仗勢著以前的身手猛灌酒，可是會把身體搞壞的。」

看似替他擔心卻話中帶刺。尹羅元的經紀人遞出兩瓶解酒飲料來。

「謝謝招待。」姜室長不由自主地接過飲料。白尚熙卻沒有動作，只是眼睜睜地看著面前的飲料：「有必要對我也做到這種地步嗎？」

漫不經心的嗓音小小聲的，只夠尹羅元和他的經紀人勉強聽見的程度。旁邊的工作人員忍不住偷覷著這兩人，並非聽見了他們的對話，而是嗅出那股暗中僵化的氣氛。尹羅元的完美笑臉並沒有崩塌，緊接著的回答清晰到周圍的人都能聽得一清二楚。

「我們不是已經和好了嗎？怎麼這樣曲解人家的一番好意……」

「說坦白的，你在我面前裝出這種樣子自己也覺得很羞恥吧？」

白尚熙並沒有特別挖苦他，聲音和語氣聽起來都相當平淡，沒什麼起伏。但聽見這句話的尹羅元卻無法再維持他那副善良的笑臉。即便在黑暗之中，白尚熙也能感覺尹羅元的臉龐頓時激動漲紅。他的經紀人自是不用說了，就連姜室長面對眼前劍拔弩張的情況也是有些惴惴不安。

「我們走吧。」

白尚熙毫不留戀地收回目光背過身去，對著不斷偷瞥著他們的工作人員點頭道別說「我先回去了」。持續留意著兩人動態的工作人員們於是慌忙地應對。

迫不得已尾隨在後的姜室長直接白了他一眼。

「你這個樣子還敢說自己不惹麻煩？」

「我又沒有怎樣，難道這也算惹麻煩？」

「其他人眼睜睜在看著聽著，就算是表面工夫也好，態度表現得溫和一點是會少塊肉嗎？你和尹羅元那傢伙和解的事都出官方報導了，難不成你要跳出來證實說那是假裝串通好的？你沒看見尹羅元那小子是怎麼做的？他為了維護那點形象，正厚著臉皮到處抱人大腿不是嗎？」

姜室長囉唆到都快說破嘴了，也不見他有半點反省的意思。「指望你還不如靠我自己。」姜室長一面哀嘆，一面叫了代駕。

在等待匹配好的司機到達之前，白尚熙默默望著黑漆的窗外。深夜，聚餐即將結束的餐廳門前這一幕，再加上尹羅元。他的腦海裡不由自主地浮現了三年前的事件。

除了那天是殺青宴之外，其他情景和現在沒什麼相異之處。執行製作PD和最資深的前輩演員把兩人叫來坐在同一桌，連連勸酒，要他們把話說開，化解雙方矛盾。當時也是喝了不少的酒。為了抽菸而站起身的白尚熙感覺到一陣輕微的暈眩，腳下甚至有些踉蹌。姜室長在跟其他經紀人們廝混，因而沒有注意到白尚熙的離開。

正當他獨自在外面抽著菸，有個人搖搖晃晃地往外走來。是尹羅元。只見他一個踏步，就劇烈反胃，把肚子裡的東西通通吐了出來。白尚熙安靜地吸著香菸濾嘴，轉開了視線。在那裡嘔了老半天的尹羅元低咒了幾句髒話。他喘了好一會，終於倚著牆壁站起身子。涼爽的空氣裡混進了嘔吐物的酸臭味。白尚熙不願再繼續停留此處，他丟掉菸蒂，正打算回到餐廳裡，卻被尹羅元猛然一把抓住手臂，將他甩至自己身後。

一時間，譏諷和辱罵的言語如同往常那般傾巢而出。白尚熙一向都是隨便聽聽，所以不太記得確切的內容，大概是男娼、破布、狗崽子之類的。尹羅元當面朝他破口大罵著那些赤裸而露骨的詞彙，想當然爾，對於白尚熙來說並沒造成什麼打擊。自己罵到喘得不行的尹羅元很快地改變了攻擊的方式。

『聽說你下面還有兩個妹妹啊？這樣到處隨便賣身，我還以為你是個舉目無親的孤兒咧……面對她們你都不覺得羞愧嗎？她們知道你都在幫那些年紀足以當媽當阿嬤的女人舔下面賺錢嗎？』

『不要把那些無關的孩子扯進來。』

『怎麼會無關？你既然碰了我的親人，那我也可以對你的親人做同樣的事吧？聽說你的么妹好像還沒成年，年紀這麼小皮膚一定很彈嫩。鮑魚還是處女的滋味最讚啊，最近就連二十歲的也大部分都已經不是處女了呢。』

尹羅元說完接著「啊」了一聲，發出極為做作的驚嘆。

『不過如果是你這種傢伙的妹妹，就算年紀再小也無法掛保證耶。上面的臉還帶著嬰兒肥，誰知道下面會不會像破布一樣鬆垮不堪？』

『……』

白尚熙半聲不吭地看著尹羅元。尹羅元則是望著他難得板起來的臉孔，露出一副得意洋洋的痞樣。忽然，白尚熙朝他靠近一步，他不由得一震。但是白尚熙並沒有對付他，僅用幽幽的眼神俯視著渾身緊繃的尹羅元，隨後迅速從他身旁走過。

尹羅元憤恨不平地抓住白尚熙的肩膀將他轉了回來。

『……你這機掰王八蛋，老是瞧不起別人！』

尹羅元的拳頭緊接著從空中揮過，儘管白尚熙即時扭頭閃躲，下顎底端還是劃過一陣刺痛。他摸了摸被打到的地方，回頭看著尹羅元。

『打人啦？』

他平緩的語調不帶任何高低起伏。尹羅元再次激動地撲上前去，這次對方卻不再繼續乖乖挨打。等到姜室長和工作人員們追出來時，尹羅元已經被揍得血肉模糊不成人形，白尚熙卻還緊揪著他不肯放手，不管旁人如何勸阻也難以將兩人給分開。

「姜室長後來不感到好奇嗎？從那之後你一次都沒有問過我。」

白尚熙從過去的記憶當中掙脫，看向後照鏡，隨即和姜室長充滿疑問的眼神撞了個正著。

「好奇什麼？」

「我那時和他打起來的理由。」

關於這件事，姜室長在事發當時曾經問過他無數次。白尚熙就連對姜室長都不願解釋他動手揍人的原因。儘管局面越來越不利，他始終閉口不談。到後來，姜室長只向他確認了一件事情。

「你不是說是尹羅元先動手的嗎？我只要知道這件事就好啦。」

當時來找白尚熙的律師團也有提過類似的話。在暴力事件中，誰先對對方造成危害是相當重要的爭議點。既然兩人的爭執事件並非單方出手的情況，倒不如揭露對方挑起事端的原因，或許會對白尚熙的處境較為有利。對方有錯在先，如此一來，大家自然會把矛頭指向成為加害者的尹羅元。

儘管如此，無論是面對負責這起案件的調查人員，甚至連姜室長，白尚熙都開不了口。由於兩名施暴的當事人都是藝人，事件受到了媒體輿論和大眾的關注。不只是白尚熙與尹羅元，還有他們的律師，以及身邊人們所說的每一句話都會被報導刊登，包含引發這一切爭執的尹羅元的言行也將會公諸於眾。對於年幼的妹妹們來說，這樣的公開無疑會造成另一波傷害。尹羅元脫口而出的那些汙言穢語會被印刷成文字，刺激社會大眾，說不定還會吸引人們對於無辜受害者產生高度關注。他絕不能讓這種事發生。要不是因為自己，她們根本不需要經歷這些。

白尚熙因此沒有告訴任何人原因，也打算今後無論對象是誰，他都要守口如瓶。至於尹羅元，除非他願意自食惡果，不然他對那天的事應該也會繼續緘口不語。這樣就夠了。某種程度上來說也算是白尚熙自作自受，所以他並沒有感到多麼委屈。

但是，為什麼呢？

姜室長聽見白尚熙開口說了「徐代表他啊」，於是目光重新回到了後照鏡上。

「……他說對方是做了欠揍的事所以才會挨揍。」

「什麼？你跟徐代表講了那天的事？」

「沒有。」

「那他憑什麼這麼說？」

「就是說啊，我一開始也覺得他這種毫無根據的信任感很搞笑……」

白尚熙不甚明顯地拉長了句尾。姜室長的眼睛仍盯住後照鏡，等待著他的下一句話。

這時忽然響起敲門聲。姜室長抬頭一看，不知何時到達的代駕司機笑臉迎人地朝他低頭行禮。他讓出了駕駛座給對方，自己移到副駕駛座去。心中雖然對於白尚熙沒講完的話好奇不已，礙於有司機在場，他也不好再繼續追問。

因為做了欠揍的事所以挨了揍。打他是因為他活該。這可是相當偏頗的發言。假如今天尹羅元和白尚熙兩人立場互換，徐翰烈還說得出這樣的話嗎？不，正因為是白尚熙，他的這一番強詞奪理因為對象是白尚熙而顯得無以倫比的可愛。

想到這裡，白尚熙突然笑了出來。姜室長有些不是滋味地回過了頭：

「……是怎樣？」

「什麼怎樣？」

白尚熙裝蒜地露出不知情的模樣，聲音聽起來甚至莫名帶著心神蕩漾的意味。

姜室長的眉毛聚攏了起來，又問了他一次「是在笑什麼」。白尚熙沒有回答他，顧著沉浸在自己的思緒裡。修長的手指頭持續地在座位扶手上敲擊著。

「……不行了。」

他發出別人聽不懂的喃喃自語，然後立即要求代理司機停車：

「司機先生，請路邊暫停一下。」

代理司機答了是，把車開至路旁。姜室長不禁一臉擔憂地轉頭看他：「怎麼了？想吐嗎？」

「我要順便去個地方，室長你先回去吧。」

他單方面地告知完，車子一停馬上開門下了車。看著他的一連串動作，姜室長只來得及發出錯愕的驚呼，把頭探出了車窗外：「喂！你這時間是打算去哪裡啊！」

「我再跟你聯絡。」

白尚熙留下一句沒什麼可信度的話，隨即招了輛計程車，姜室長根本來不及再次攔阻，他人就已經消失了。

計程車停在日迅大飯店。白尚熙穿過了冷清的大廳，朝著專用電梯走去。先前拿到的感應卡仍是可以使用的狀態。他一進電梯，便按下最高樓層的按鈕。雖然無法保證能在這裡見到徐翰烈，但是除了這裡以外，白尚熙不曉得還可以上哪裡才能見到他。

他用卡片感應了一下便解開了門鎖，毫無顧忌地扳下門把。一進入客房，鼻尖就接觸到徐翰烈微弱的香水味。看來沒有白跑這一趟。

白尚熙的步伐帶著確信，快步地穿越了走廊，終於出現在眼前的沙發卻是空空如也。不過，有件顯然是徐翰烈的外套正搭在沙發的靠背上。

白尚熙的臉轉向了客房內部的方向。感覺臥室裡似乎傳出陣陣的窸窣聲。他毫不遲疑地走向臥室，同時目光落在了掉在地板的衣服上。那件絲質的襯衫，怎麼看都不像是男性的衣物。還有臥室門口那雙隨便脫在地上的高跟鞋也是。

即便如此，白尚熙並沒有打退堂鼓轉身離去，不受影響的腳步最終來到了臥房。徐翰烈和另一個人的身影很快地進入白尚熙豁然開闊的視野。那是一個女人。她的裙子被撩至骨盆處，就算是在昏暗的燈光下，也能看見她敞露出的雪白大腿。不知是不是因為心急而動作粗魯，絲襪看起來被撕扯得處處是破洞。徐翰烈又白又細長的手指頭正在胸罩上盡情揉捏著她的乳房。

對方摟著徐翰烈的臉，回應他凌亂的親吻，接連發出嘖嘖的水聲。兩人大概是興致正高昂，好一陣子都沒發現多個人站在門口。

女人把臉轉向另一側換氣的剎那，發現了白尚熙的她猝然震驚，肩膀抖了一下。徐翰烈這時才抬起頭，當他看到斜倚在門框上的白尚熙，眉間登時皺了起來。

「……搞什麼啊？」

「打擾囉。」

白尚熙從容不迫地喃喃，感覺不出他有半點的抱歉或遺憾之意。徐翰烈不爽地瞪著他，而白尚熙也迎上他的視線，雙方一時之間就這樣僵持不下。女人完全不知道這是什麼情況，只好連番望著兩個人。

率先收回了目光的人是白尚熙。

「那你們繼續做吧。」

「你要一起嗎？」

正打算放棄退開，白尚熙卻聽見這麼一句莫名的詢問。他停下腳步回過頭，只見徐翰烈光明正大地把女人的頭髮撥至耳後，輕輕地吻著她白色的脖頸，向上吊起的兩隻眼睛挑釁似地看著白尚熙。

「你也是急著想滅火才來的不是嗎？既然都來了，那就一起做啊。」

白尚熙感覺很荒謬，荒謬得忍不住發笑。他將注視的目光從徐翰烈身上挪至他身旁的女人。女人由於緊張，一臉僵硬地朝他看了過來。白尚熙的眼珠緩緩向下轉動，「也好。」他的嗓音雖然低沉，卻十分清晰地傳進床上那兩人的耳朵裡。

白尚熙於是轉身走向床鋪，一邊走一邊褪下外套，也脫掉身上的T恤將其扔開。彷彿每個部位都經過精雕細琢的肉體毫無保留地裸露出來。徐翰烈持續鎖定在白尚熙身上的視線轉到了女人這邊。女人正直勾勾地看著白尚熙靠近，可以從她靜靜吐息的姿態當中感受到一股微妙的期待感。

來到眼前的白尚熙在徐翰烈的後腦杓輕撫了一下，然後托著他後頸，嘴唇自然而然地相觸。徐翰烈頭一仰，唇瓣柔軟地與他銜接在一起。白尚熙一口接著一口叼著徐翰烈的上唇，徐翰烈眼睛懶懶地睜開一半，嫻熟地承接著他的吻。隨後他慢慢閉眼，跟著張開嘴，溫熱的舌頭伸了出來。白尚熙將軟舌和上唇一併吸扯，發出了啾的一聲。甜蜜美好的感覺讓徐翰烈不禁發出嚶嚀喘聲。

他正想好好向白尚熙索求一番時，原本緊貼的熱度卻一下子離他而去。白尚熙把頭轉向那個屏息看著兩人接吻的女人，大掌小心翼翼地覆上了女人的臉頰。女人睫毛抖動，撲簌簌地垂下，悄悄地抑制著呼吸。徐翰烈翹起嘴角注視著白尚熙的舉動，然而白尚熙的眼睛卻沒有在看徐翰烈，而是持續凝望女人的臉龐，輕緩地揉蹭著她臉頰。女人像是表示同意地閉上了雙眼。

白尚熙的唇不客氣地和女人的交疊，她被徐翰烈吻過的唇肉也濕漉漉地纏了上來。女人的身體微微地向後，整個人重量都壓在徐翰烈撐著她後腰的手臂上。她就這樣懸空倚靠著別人，沒有坐穩也沒法躺好，身體因出力而僵硬。白尚熙用拇指在她臉上不斷摩挲，輕含著她濕潤的嘴唇吸吮，宛如在奪走對方初吻那般，動作加倍的小心，簡直溫柔到不行。兩人反覆碰觸和分開的唇瓣之間冒出了吸吮聲和甜蜜的呻吟。高張的熱度使得女人的身體細微地顫抖，並且那份震顫也原封不動地傳遞到和她接觸的徐翰烈身上。

白尚熙悄然扣住女人下巴，歪著頭，舌頭滑進了她嘴裡。口腔裡溢出的唾液和軟濡的肉塊攪和著，不停發出黏稠的摩擦音。女人光是含著白尚熙的舌頭就顯得有些吃力，連續吐出低低的嘆息和嬌吟，不由自主將膝蓋閉攏。來不及吐出的興奮氣息斷斷續續地從她嘴裡噴薄而出，即使是如此她還是顫抖不已，充分地傳達出她倍感期待的感受。

白尚熙逐漸加深了這個吻，整個人貼了上去。女人強撐著的身體一點一點地開始傾塌，徐翰烈於是放開了扶住她腰身的那隻手。女人的身體瞬間沒了支撐的力量，躺倒而下。白尚熙的手毫不猶豫撫過她的大腿，順著纖細的軀體而上。女人彷彿等待已久地環抱住白尚熙的脖頸。徐翰烈則是一臉無言地觀看著這副情景。

由於白尚熙整個人覆上來的緣故，徐翰烈甚至看不到女人躺在他身下的軀體，只能感受到她抓著徐翰烈胳膊的手掌還時不時地蜷曲。當白尚熙熟練地開始搓揉女人的胸乳，女人的手掌甚至毫不留戀地放開了徐翰烈的手臂。那纖白的手像是在催促著白尚熙似地抓住他的寬背，往自己的方向緊密拉攏過來。白尚熙直挺而粗獷的裸身和女人柔軟的曲線形成了對比，散發出了更為強烈的野性美。

兩人的吻持續了許久，臥室裡一時間只迴盪著接吻時的水聲和曖昧的低喘。明明只有嘴唇在交纏，相疊的身體卻一點一點地互相捆縛起來，就快要合而為一。他們引發的震動造成床鋪的搖晃，就連徐翰烈都在跟著晃動。

原先還露出嗤笑的徐翰烈臉上陡然失去了溫度。

「……出去。」

靜靜冒出的一個聲音讓白尚熙撇頭看向徐翰烈，始於兩人的那股顫動也在同時間停止。

徐翰烈茫然地面壁而坐，雖然無法確認他的表情，但可以肯定他是板著臉的。

「兩個人都給我滾出去。」

徐翰烈語氣相當冰冷，並不激動。白尚熙低頭看著自己壓在身下的女人，女人像是被澆了一頭冰水，表情呆滯地與他對望。白尚熙直接俯下頭，在她耳邊低聲說了些什麼，聲音小到徐翰烈根本無法聽見的程度。半晌後，坐起來的白尚熙扶著女人的手臂幫助她起身，隨後兩人拾起散落的衣服一同走出了臥室。整段過程中，白尚熙既沒有察看徐翰烈的神色，也沒有試著要和他說話。兩人在臥室外稍作停留的聲響隨著門開啟關上後完全沉靜下來。周遭不可思議地變得寂靜無聲。

徐翰烈就這樣在床上呆呆地坐了一陣子。兩人剛才糾纏過後皺亂的床單映入眼簾。他把無辜的床單整張扯下來洩憤，卻僅是讓自己呼吸徒然急促，怒意一點都沒有消除。他氣到肩膀都在抖動，氣喘吁吁地衝下床。整片後頸都在發熱。那兩人猛烈擁吻過後的氣味牢牢黏在他的鼻黏膜上，無法摘除。火冒三丈的情緒令他腦袋都抽痛了起來。

他立刻去拿了一瓶紅酒，感覺不灌點什麼下肚的話，翻騰的胃液就要沖上來似的。他對著玻璃杯傾倒酒瓶，卻因為手太抖，流到外面的紅酒比倒進杯子裡的還要多。徐翰烈甩了甩被紅酒浸濕的手背，最後乾脆砸碎了這支紅酒杯以洩內心的憤恨。他喘著粗氣的呼哧聲餘音繚繞似地迴盪在寬闊的空間裡。感覺自己這副模樣既可笑又悲慘，徐翰烈的整張臉和耳廓都在燃燒發燙。

他舉起整瓶紅酒，直接以口對瓶咕嚕咕嚕地豪飲。沒喝進嘴裡的液體沿著修長的頸項流瀉而下，儘管最後衣領都被打濕，他也不打算擦拭。

一整瓶的紅酒下肚，徐翰烈的內心還是無法獲得平靜。看來大概是地點不對。

他搖搖擺擺地走向了沙發，剛把掛在沙發上的外套拿在手裡，背後突然傳來開門的聲音。

徐翰烈以為是楊秘書，回頭一看，卻見白尚熙站在那裡。那女人已經不在了。意料之外的發展著實讓他驚訝，但徐翰烈很快地直接蹙起眉頭：

「我不是叫你滾了嗎？」

白尚熙不說一句地慢慢朝他走來，同時眼睛依序掃視著紅酒的空瓶、灑落在周圍的液體，以及慘不忍睹的玻璃杯碎片。一股莫名的不悅感越過徐翰烈後頸爬上了耳梢，執意附著在那裡，就像是自己羞恥的一面被看見時會有的反應。

白尚熙的臉重新轉向了徐翰烈，他們的距離一下子縮短許多。「我叫你出去。」就在徐翰烈再次開口的瞬間，白尚熙手忽然伸了過來。徐翰烈不住蜷縮，沒想到輕柔落在臉上的掌心異常地溫暖。

白尚熙全神貫注地盯著徐翰烈被唇膏吻花的嘴角，用他的拇指指腹在徐翰烈唇瓣上重重抹了一把。徐翰烈揮開他的手，他卻毫不在意地在那滾燙的唇瓣上疊上了自己的唇。結實有力的手臂極其自然地托住徐翰烈的腰，溫暖的大掌像對女人那樣輕柔地撫摸著他的臉頰。皺著眉的徐翰烈不滿地閃躲，兩人暫時分開的雙唇在白尚熙再度逼近之下又一次溫柔地糾纏。白尚熙呼出的氣息冰涼，沒有唇膏獨特的氣味，而是帶著一股莫名的薄荷香。疑問與安心、憤怒與無所適從，這些情緒不停侵蝕著徐翰烈的大腦。

白尚熙閉著雙眼，甜甜地吮著徐翰烈的唇。像是在親吻某個疼愛的東西似地小心謹慎，像是在吞嚥著某個美味的東西那般急切。原先掙扎著想擺脫他懷抱的徐翰烈在恍惚之間抬起眸，朦朧微醺的視線中，唯有白尚熙的臉龐構成了一幅清晰的影像。察覺到他反抗漸弱，白尚熙暫時撤回了嘴唇與他相望。白尚熙好似想從徐翰烈臉上窺探出什麼，快速地交替凝視著他兩側的眼瞳。接著他的唇又立刻貼上徐翰烈耳畔，啾、啾，相繼碰觸著耳根的雙唇突然間呢喃了一句話。徐翰烈並沒有回應。他只是縮起了脖子，然後捧住白尚熙的臉，像是要嚼碎吞下肚似地咬上他的嘴唇。

白尚熙老老實實地任由他發洩，慢悠悠地脫下身上的外套。滑軟的舌猛舔著被胡亂啃咬的唇瓣，白尚熙一邊滋滋地甜美地吸著那舌頭，一吋一吋地將徐翰烈推向臥室。徐翰烈倒退的腳步走得蹣跚躊躇，手上仍是緊捧住白尚熙的臉不放，隨心所欲地揉蹭著兩人的嘴。儘管白尚熙已經是盡情任他擺佈的狀態，他還是心急如焚無法自持。可能是酒喝多了的關係，一時難以消除體內這股重度的乾渴。

徐翰烈很快地把自己吻得喘不過氣，白尚熙欣然吞噬他破碎的呼吸，用自己的舌去狠狠地磨蹭著他變得遲緩、力不從心的舌頭。勾纏在一起又分開，隨後再次黏膩纏綿的唇瓣縫隙之中，連續逸出了煽情的沾黏聲。

背部上柔軟有彈性的支撐感讓徐翰烈頓時回過神來，才發現他的身體已經平躺在床上。白尚熙欺了上來，佔據他所有視野。白尚熙目不轉睛地盯著一臉不爽的徐翰烈，揶揄地問：

「為什麼總是自己一個人生悶氣？」

他把徐翰烈嘴邊被染紅的痕跡一併搓揉拭去，彷彿在俯視著一個未開化的生物，眼神帶著輕蔑，也有一種勝利者在關係中占了上風的從容。徐翰烈不禁皺眉，感覺自己的心思完全被對方看透。

「明明會害得自己這麼難過，還偏要故意耍心眼，以後別再這樣了。」

白尚熙用大拇指扳按剛才他不斷搓揉的下唇和舌肉，然後側了頭將舌頭塞進徐翰烈微微張開的嘴裡。柔軟的口腔黏膜和熱騰騰的溫度舒服地圍繞上來。白尚熙一再地與他相互擠壓舌肉，像是要融化徐翰烈的舌頭似地猛舔，連帶他豐碩的下唇一同嘖嘖吸取拉扯。紅灩的肉塊數度聚合糾纏，就連舌尖上沾染了紅酒的苦澀感似乎也變甜了。這是唾液沸騰出甜味的證據。

白尚熙一口口含吻著徐翰烈的唇珠之後放開了他的嘴，捏著下巴的手經過肩膀，徐徐滑至胸部。頎長的手指沿著身體的高低曲線溫順地遊走，輕輕地壓迫著襯衫上凸起的肉團。光是這麼做，徐翰烈的下身就已經完全臣服於他，如此誠實的反應讓白尚熙愉悅地舒展了眉間。

他隔著襯衫按按那小巧的肉團，開始慢搓細捻，平坦的襯衫在他手裡捏出了尖型的皺痕。他同時輕捻著兩側乳首，歪著頭將舌頭探進更深的地方。越來越敏感的口腔被溫熱的舌給填滿，徐翰烈的腦袋隱約向後仰起。「嗯⋯⋯」他不由自主地發出了含糊的呻吟，阻擋著對方玩弄他乳頭的手也跟著加重了力道。

白尚熙的右臂撐在徐翰烈枕邊，舌頭連續不斷地在徐翰烈的舌面懶洋洋地蹭著，接下來一邊用大拇指撫弄著徐翰烈的額頭，同時更加嚴密地攻佔他的口腔內部。粗糲的味蕾被磨蹭得軟糊，口內黏膜因為那無比舒服的感觸而變得越來越柔軟。感覺要是能把老二放進這裡一定會忍不住馬上射出來。不過，在那之前得先不被他咬斷才行。

白尚熙私自幻想的那幅不可能實現的畫面迅速地破滅，害他噗地笑出了聲。「笑什麼啊」，徐翰烈對他突如其來的失笑表示疑惑。白尚熙卻是一副什麼事都沒有的態度，繼續嘬吸著他的軟舌。

一直繞著乳頭劃圈的手滑至腰側，在這期間，徐翰烈充滿反抗之意的身體已經軟化了下來。

白尚熙對著徐翰烈的上唇和人中處大力嘬了一口，然後抬起他的手臂扣在上方。徐翰烈由於激吻的後勁而喘息不已，只能束手無策地敞開胸膛。他起伏著肩膀，呼吸斷斷續續地凝視著白尚熙，這副模樣相當刺激，令人血脈賁張。白尚熙低下頭，依序親吻他的臉和脖頸，肌膚上殘留著淡淡的紅酒味。唇瓣沿著襯衫上一道長長的紅酒污漬一點一點向下啄吻，不知是不是因為那股縈繞在舌尖的酒香，嘛著嘴的白尚熙似乎被勾出了胃口來。

嘴唇最終抵達之處是徐翰烈的胸部，被手指不停玩弄的乳頭撐起了襯衫布料，硬挺地站立。白尚熙用舌頭去擠壓那個突出的部位，再輕輕地轉動舌頭刺激乳尖。襯衫很快濕濡了一片。

「嗯、呃……」

徐翰烈在這樣間接的刺激下仍是蹙起了眉心，被白尚熙扣住的手握緊了拳頭。白尚熙掐住他微微扭動的腰桿，跟著側了頭，連著襯衫一起嘬吸啃咬他的乳頭。溫呼呼的舌面像是要舔平那小小凸起似地碾壓摩擦，使得尖端上頭不斷凝聚酥麻的快意。忽然「啾」的一聲，白尚熙彷彿要將內部鬱結的熱氣一併汲取而出地使勁吮吸。

一大半的襯衫變得幾近透明，裡面的肉色完全透了出來。白尚熙看著那明顯發紅的肉團，開始認真搔刮囓咬了起來。隨著襯衫的濕濡，乳尖也愈發變得敏感。

徐翰烈不管被調戲多少次仍是難以適應這種感受。他所能做的只有克制自己的呻吟和圈住白尚熙的肩膀。他越是無助，白尚熙就越是壞心地咬住他的乳首不停拉扯。

襯衫邊緣經不起那股吸力而產生出細碎的皺摺。髒亂的污漬早已失去了顏色。胸前赤裸的吸嘬聲滋滋作響。乳頭被白尚熙吸到不行了，感覺裡面好像有什麼要竄出來似的。

「嗚、停、下、呃、呃啊……」

徐翰烈聳起雙肩，迫切地想擺脫這種極度的刺激。白尚熙環抱住他的胸廓，固執地埋頭其中，讓人不明白他到底是要讓徐翰烈舒服還是想要折磨他。直到挺立的乳珠變柔軟為止，白尚熙的舌重重舔壓，像在搓揉成團地打轉，隨後又再次大口猛吸，不斷重複著這一連串的動作。徐翰烈的雙腿踢蹬著無辜的床單，不停在床上滑動。

阻隔在白尚熙唇瓣和乳肉之間的那層薄襯衫變得礙事了起來。儘管現在的這番刺激已經相當令人難以忍受，徐翰烈卻萌生了矛盾的雙重思想——他想要徹底感受更多，希望對方能在沒有任何障礙物阻擋之下大肆蹂躪自己的胸口。

但是白尚熙的嘴離開了他的胸，徒留一股濃烈的意猶未盡讓徐翰烈腰身顫抖。白尚熙泰然自若地吻上他下巴，同時輕輕摳刮著襯衫被浸濕的部份。

濕漉漉的襯衫更加敏感與露骨地傳遞了指梢的觸感。徐翰烈暗自併攏膝蓋，在白尚熙再度與他唇舌相接之際伸出雙臂摟住了白尚熙的頸項，積極主動地回吻。沸騰到發甜的唾液和軟糊的舌頭一溜煙地鑽進白尚熙嘴裡。白尚熙垂下了眼角，慢條斯理地和徐翰烈的舌相疊互蹭，甜蜜地吸囁著。

同時間，他在下方的手則是解開了徐翰烈的褲頭，連同內褲一鼓作氣全部扒光。急遽的溫度差異讓徐翰烈腰肢再度打了個哆嗦。他硬起的性器躺在內褲下擺，脫褲子時向上反彈了一下，已經熱燙到發紅的龜頭表面被前列腺液濕潤得光亮黏滑。

白尚熙由下而上地濕舔那根性器，將它輕微包裹在手掌裡，然後用大拇指輕柔地一邊按摩著鈴口，一邊吻著徐翰烈的耳際。他同時不忘深深吸氣，汲取並享受徐翰烈頃刻更為濃郁的體味。徐翰烈完全垂下了頭，前額在白尚熙肩上磨蹭著。

「啊、嗯……」

他嘴裡止不住地發出染上情慾的呻吟。白尚熙囓咬他耳垂，溫和地愛撫著手中的性器。掌心特有的溫度和指關節凹凸鼓起的輪廓充分地刺激著發燙的陰莖。徐翰烈一邊哆嗦搖晃著腰身，隱約在白尚熙的手掌裡做出類似抽插的舉動。壓抑之下低低呼出的吐息竟是如此酥軟又甜美。

白尚熙俯身，啵地親了一口徐翰烈燒紅的性器又旋即起身，然後一把勾起徐翰烈的腰肢。下半身被抬起的徐翰烈頭頂自是抵在了床面。

「呃、嗯……」

徐翰烈不禁擰眉，本能地抓住了白尚熙的膝蓋想要維持平衡。突然間被放開的性器正在可憐地抖動，儘管如此，它仍垂涎似地汩汩流著考珀液。徐翰烈就著身體被折疊的姿勢被迫正視自己的性器，「嗚」地皺起了眉頭。

就在這時，白尚熙抓住徐翰烈的屁股朝兩側扳開。隱藏的穴口倏然間接觸到外面的空氣，沁涼的感覺讓徐翰烈的腰部忍不住顫動。白尚熙用修長的食指輕巧地撥弄著穴口周圍的皺摺。光是用手輕撫，柔軟的褶皺就毫無抵抗地被撫平開來，隨後再度細細密密地縮了回去。白尚熙描繪圖案似地在那處摸了又摸，摸到徐翰烈的手指頭都蜷了起來。白尚熙像是沒有察覺到他的不安，逕自對著後穴深深吸氣，徐翰烈見狀霎時紅了臉，四肢掙扎起來。

「不要這……嗚！」

他沒來得及把話說完，白尚熙已經伸出舌頭緩緩地舔拭著充滿皺摺的穴口，把原先一片乾爽的地方舔得溫熱又濕糊。這種頭皮發麻的感覺讓徐翰烈咬緊了唇瓣，再次強嚥下了即將迸發的喘息。白尚熙撐開他因倉皇和緊張而繃緊的大腿，用舌尖一一勾畫著那些皺摺。皺紋間填滿了唾液，變得光滑。白尚熙一再地將被刺激得發紅的肌膚吸了又放。他沒用多大力氣，細嫩的皮膚表層卻仍是被他隱約地吸附了起來。持續的吸吮消除了皺摺的抵抗感，白尚熙的舌尖使勁向內塞了進去，鬆開來的褶皺跟著捲入，順理成章地裹住了舌頭。徐翰烈完全偏過頭去，狠狠咬緊齒顎，悽慘地抬起手臂擋著眼。

白尚熙的整張臉都埋進了徐翰烈的臀縫裡，每當他不屈不撓地在那小孔上嘬吸，高挺的鼻尖都會頂到徐翰烈的會陰部。強勁的尿意陣陣匯聚而上，在大腿根內側折磨著。感覺就快要溢瀉的灼熱感讓徐翰烈試圖夾起膝蓋，卻被白尚熙緊抓著雙腿不允許他閉攏。

「呃啊、啊嗯……嗯……」

儘管被徐翰烈伸手扣住手腕，白尚熙仍絲毫不理睬地繼續吸著後穴，試圖把周圍一圈軟肉全都舔拭融化似地揉蹭、吸吮。那種又癢又麻的感受讓徐翰烈數度搖頭掙扎，懸在半空中的腰身也不規則地抽搐扭動著。

不久，白尚熙的舌開始往穴內伸進又退出，反覆著淺淺的抽插。為了應付短促的呼吸，徐翰烈的腹部跟著收縮不已。一直被閒置的性器過於難受，他皺著眉頭，想要伸手去摸，白尚熙卻逮住了那隻手，舌尖一面奮力地戳刺著後穴。快感持續累積著無法釋放，就這樣無止盡地消耗下去，讓徐翰烈焦急難耐得快要瘋了。

「哈呃呃、啊嗯、停下……」

徐翰烈可憐兮兮地握住了白尚熙的手指。意料之外的舉動讓白尚熙抬起頭，俯視著自己被抓住的手。這並非他的錯覺。徐翰烈如同苦苦哀求般地不停揉捏著他手指，極為不安的眼神也在撩撥著白尚熙的神經。只見他眉頭皺成了一團，臉上神色淨是不滿，瞳孔裡則是翻湧著焦灼。

白尚熙撫摸著已然擴張的洞口，終於放下了徐翰烈被抬起的下半身。他連番親吻徐翰烈的臉頰，隨後伸長手臂拉開一旁的抽屜。他看也不看地在裡面翻找，忽然訝異地抬起頭來，同時手裡抓出了某樣東西——是個震動按摩器。白尚熙將它拿起來翻轉查看，一開啟電源，連著一條長線的圓形跳蛋便發出嗡嗡的聲音開始震著。

白尚熙只愣了幾秒，就和徐翰烈對上視線，噗地笑了。

「都不知道你有這種癖好欸，怎麼不早點說呢？」

「才不是。」

「不是什麼？」

白尚熙不肯放過他地追問著，一邊把關上電源的跳蛋拿到徐翰烈嘴邊。徐翰烈抗拒地抿住嘴，白尚熙用跳蛋在他嘴唇上點了點，「啊」地叫他張嘴。一臉不悅的徐翰烈還是慢慢地開了口，球狀的跳蛋壓著柔軟的唇瓣，默默地推進他嘴巴裡。

見徐翰烈完全含住了按摩器，白尚熙彷彿稱讚他做得好似地在他嘴上親了一口，同時不斷在他變得濕濡的身後探挖、摸索、暗暗地戳弄。徐翰烈皺著眉將白尚熙的臉龐拽至自己面前，白尚熙欣然吻上他湊近的唇。靈巧的舌鑽進徐翰烈嘴裡，和口腔裡的按摩器以及溫熱的舌肉淫靡地翻攪在一起，徐翰烈嘴巴裡自然醞釀了比平常更多的津液，順著嘴角緩緩滴落至下顎。差點趁機一起溢出的跳蛋被白尚熙給重新塞了回去，連帶推擠著徐翰烈的舌頭，讓他呼吸變得不均勻起來。

白尚熙迅速地再次起身拿了原本要找的潤滑劑。他拆開那未曾使用過的新品，在徐翰烈的兩腿之間擠了充足的份量，就算把床單都弄濕了他也無所謂。冰涼滑潤的液體澆淋在身上，徐翰烈不禁僵直，不安晃動的雙眼注視著白尚熙拉下褲檔拉鍊的動作。沾著凝膠而顯得晶亮的手指頭一扯開貼身四角褲，直挺挺的性器便彈了出來。察覺到要做愛的徵兆，龜頭前端的小孔已然紅透，正興奮地翕動著它的鼻孔。

白尚熙將剩餘的潤滑劑擠在自己的性器上，粗厚的陰莖塗上稠狀的凝膠，像是裹上了一層糖漿，滴滴答答地流下一大部份，濺濕了徐翰烈的大腿。剛拆封的潤滑劑瓶身很快擠出了空氣的聲音，白尚熙毫不顧忌地扔開空瓶，將自己的性器抵上了徐翰烈濕滑黏膩到不行的後頭。

滿到溢出來的潤滑劑被他推進穴裡，然後用性器堵住穴口防止外流。似乎是因為間隔許久，或是擴張得還不夠，張不開的穴口阻止著性器的侵入。徐翰烈牢牢閉上無力的雙眼，全身使力繃緊。白尚熙抬眸一邊觀察他的表情，一邊慢慢推進下身，龜頭興奮難耐地往入口擠，將裡面的潤滑劑一波一波地擠了出來。只是前端稍微被咬住而已，那銷魂的緊窒就讓白尚熙腦袋一陣暈乎，端整的額頭上突冒青筋。

「呃……」

白尚熙暫時停下插入的動作，感受著這股高張力的收縮。徐翰烈不僅不敢發出呻吟，還忍住了呼吸，一張臉蛋被他憋得紅通通。白尚熙屏氣凝神地望著那張臉，硬是把自己的性器戳了進去。

肉穴被爬滿血筋的生殖器一路摩擦的感受讓徐翰烈仰起了頭，由於嘴裡還塞著跳蛋，口中只能發出含糊的痛吟。白尚熙的下腹部終於接觸到徐翰烈的臀肉，被肉柱完全填塞的內壁艱難地撐了開來，又酥又癢地包覆著柱身。

肉壁的彈性和穴口的收縮前後呼應配合得極佳，讓白尚熙的後頸瞬間升溫。白尚熙先是充分享受了一下那份茫然的快感，繼而緩緩地抽出了他的男根。宛如硬是拔出一顆栓緊的螺絲，他微彎的性器橫掃著尚未預熱完全的內壁，將腸肉勾了出來。徐翰烈的大腿抖若痙攣。他好不容易張開了緊閉的雙目看向白尚熙，眼神無形中帶著一抹危險的魅惑。也許是伴隨著這股錯覺，白尚熙被含咬著的龜頭突然感到一陣緊縮，迫使他擅自認定這是對方在催促的意思。

白尚熙朝著徐翰烈深深俯下身，連帶著性器也重重頂入，把徐翰烈被貫穿的身體拗成了一半。他從自己張開的膝蓋之間俯視著徐翰烈的臉，猛然抵上了下體。被緊絞的性器靠著滿滿的潤滑順暢無阻地滑入，堅硬如石的龜頭毫不留情地頂撞，讓徐翰烈瞇緊了眼睛。

內壁跟著一起畏縮，壓迫著裡面的陽具。明明可以享受緊窒就好，白尚熙卻強行將嵌入的性器悄悄抽回。感覺到充盈內部的巨物退出，徐翰烈哆哆嗦嗦地睜開了眼，瞬間，白尚熙再次深插，怒漲的肉棒由高處直落，無情地搗中了蠕動的黏膜。酥麻地震盪至會陰部內側的衝擊讓徐翰烈不由得聳起了肩膀顫抖。被跳蛋給堵住的嘴裡也發出了「嗚」的呻吟。

可是這樣的快感想要到達頂峰顯然過於緩慢且短暫。後穴被緩緩抽插的同時，徐翰烈忍不住想把手伸向自己的胯間，白尚熙卻抓起他的手扣在床上。他靜靜地觀賞著徐翰烈因不爽而扭曲的面孔，一次次進行著腰身向上遠遠退開而後下墜至深處的抽插。每次都只留龜頭在穴內，完全撤出的陰莖馬上又劈開了甬道在裡面翻攪，濕潤得相當敏感的腸肉束手無策地被肉刃戳弄著每一處。

「嗚！嗚、唔嗚、嗚！」

由於含著跳蛋的關係，徐翰烈發出的呻吟不由得變得粗濁。腳趾頭被一種微妙的焦灼感給折磨得蒼白地蜷起。白尚熙不是不知道怎樣能讓徐翰烈舒服，最近他已經達到光是插入就能讓徐翰烈射精的程度。儘管如此，白尚熙進入時卻總是裝傻地避開了敏感點，彷彿像是在故意懲罰徐翰烈似的。

徐翰烈的陰莖已經腫脹到不行，稍微碰一下好像都會不小心射出來。但是他等了又等，怎樣都等不到足夠的刺激，憋得他難受不堪。別說是替他摸幾把了，就讓他自己撫慰也好，白尚熙卻偏偏箍著他的手不肯放開。徐翰烈無法洩欲的身體急切地扭動，同時內壁也跟著歪扭，進而擠壓到白尚熙的性器。

白尚熙不由自主地咬牙，腹肌緊縮，眼前甚至一陣恍惚。咬著牙關的他一邊抽出下身重新插了進去。凹凸不平的肉柱粗暴地撐開發燙的腸穴，劇烈的貫穿感讓徐翰烈的腰桿忍不住微微抽搐。然而這次依舊沒有觸碰在那一點上。

徐翰烈咕嚕地嚥下嘴裡累積的口水，茫然無助地望著白尚熙，眼神相當令人哀憐。白尚熙直盯著那雙眼，溫柔地挺進一時退出的下身。微彎的陽具於是畫出一道深邃的弧線，啪地頂上了內壁興奮的某一處。就這麼一下而已，徐翰烈的身子便陡然彈起。

「嗚……！」

他兩眼緊閉，發出悶悶的嗚咽聲。白尚熙的腹部疊上徐翰烈的，在他緊繃的臉頰上游刃有餘地親吻，下身則維持著插入沒有動作。徐翰烈微微挺動下半身催促著，在他試圖讓白尚熙的性器頂端能夠磨蹭到自己的前列腺之前，對方竟一下子整根撤出。體內頓時恢復空蕩蕩的感覺讓徐翰烈手腳開始掙扎，臉上也不滿地皺成一團，瞪目瞪著白尚熙的眼裡盈滿惱怒之意。白尚熙裝模作樣地欣賞了一會他嗔怒的神情，才再次將分身挺入，狠狠地捅上毫無防備的敏感點。徐翰烈帶著反感的眼眸頓時消失在緊閉的眼簾之中。

「唔嗚……！」

光是用龜頭碰觸磨碾那敏感的部位就可以得到如此坦率的反應。只見徐翰烈受盡煎熬的性器忽然叫囂著翻挺了起來。白尚熙從他渾身緊縮、緊揪著自己不放的動作裡感受得到他真實確鑿的迫切渴求。看著這樣的徐翰烈，他還想再次後退。

「呃、等……」

頃刻間，徐翰烈抓住白尚熙的大腿，攔著不讓他退出，卻又立刻被自己下意識的動作嚇了一跳，頓時僵住。「嗯？」白尚熙假裝不懂他的用意，低頭看向他。自尊心受了創的徐翰烈迴避著他視線。白尚熙目不轉睛地注視他神情，暗中又退出了一些。徐翰烈索性收緊雙腿，夾住了白尚熙的腰，一邊瞪著他。白尚熙輕笑，將抽出一半的陽具重新插回甬道裡，硬梆梆的龜頭如他所願地猛撞在那一處。徐翰烈生氣的臉龐一下子變了形。

「呃啊……！」

「要我幫你插這裡？」

白尚熙使壞地問。徐翰烈別過了頭沒有回答。白尚熙做了一個有點失望的表情，下體啪啪啪地撞擊起來，連番頂撞在剛才一直刻意忽略的敏感點上。在顫慄的刺激下哆嗦的甬道引起一陣陣顫動，逐漸像個吸盤似地吸納著陰莖上的熱度。每當白尚熙想要退出就會被緊緊縮絞，待他重新插進去，穴口便將他一口咬住，急切地向內吸扯。火熱的黏膜和肉身黏糊地相碰又分離，一種不可言狀的酥麻感從鼠蹊部竄升至手指和腳趾尖，強烈的尿意襲來。

「嗯、嗚！嗚！嗯嗯！嗚！哈嗯！」

徐翰烈呻吟著，涎水直流。白尚熙剝開他的唇瓣，將他一直含著的按摩器從嘴裡取出。翻湧的唾液如一條長絲般地黏稠延伸，跳蛋像包了層亮光膜似的，濕得閃亮。

「哈啊、你想命令我怎麼做，好好說清楚。」

「哈呃、嗯……蹭。」

「你說什麼？」

徐翰烈費力地抬起眼皮，藏在裡面的瞳仁已變得渙散無力。

「嗚、那裡、幫我好好蹭一蹭。」

「啊、這樣子嗎？」

咧嘴笑著的白尚熙下身用力壓了壓，讓龜頭在抵著的地方不痛不癢地摩擦。徐翰烈的肩膀於是經不住這番刺激地抽動著。

「哈嗯、嗯——！還要……」

在他的央求聲下，白尚熙認真地在後穴裡捅弄了起來。甜美的痛意轉眼從會陰處炸裂至肚臍下方，陽具毫無阻隔地進出，內部的軟肉附著其上，重複著被翻出又再捲入。透明的潤滑液混濁地交融在一起，從穴口滲了出來，陰毛也被白色的濁液虯結成團。白尚熙感受那股熱流沿著後頸竄至頭頂，接著扯開了徐翰烈的襯衫。釦子一邊彈落，徐翰烈身前頓時敞露無疑。剛才被白尚熙不斷折騰的左側乳頭格外腫脹，產生了視覺上的刺激效果，迷離地吸引人靠近。

白尚熙用手指按壓並搓揉那小巧的肉塊，下身使了勁地啪啪操幹。徐翰烈身體一縮一張的，在接踵而至的快感之中，更強力地與白尚熙交纏。白尚熙一次又一次地打開了他的身體，攪弄著內部，原先緊繃的小穴在不知不覺間變得鬆軟，舒服地裹纏上來。越是花費心力去開發，彼處便越是適應於己。白尚熙此刻的心情，就像是徹底獨占了一座從未允許任何人取用的泉水，獨自開懷地暢飲著。

「呃啊！嗯！哈、呃、哈呃、嗯、呃嗯！」

「哈啊、哈……呃、嗯、哈啊……」

徐翰烈忘情地胡亂呻吟，身子塌軟。這樣的忠實反應在平時是完全見不到的。大量的血液衝上腦門，彷彿眼冒金星。儘管許久未做，白尚熙還是很厲害地記得他身上的敏感部位。照理說抽送速度越快，免不了會影響到準確度，然而白尚熙馳騁的性器卻每次都能精準地撞擊在徐翰烈的那一點之上。瑟瑟顫抖的徐翰烈就算將屁股後縮，白尚熙還是能分毫不差地戳刺著那處，操得徐翰烈的腳指頭失去血色地蜷曲了起來。

「嗯、停、啊、快要射、嗯——！」

沖刷而來的射精感讓徐翰烈一點一點地抬起了骨盆，沒想到白尚熙冷不防握住了他的性器，猛然堵住鈴口。即將潰堤的液體在裡面奮力凝聚，助長了火熱的尿意。白尚熙接著竟將契入的性器輕巧拔出，在徐翰烈的臉上嘖嘖作響地吻著。儘管徐翰烈企圖挽留地揪住他，白尚熙卻裝出不知情的樣子，僅是用自己的巨物輕輕掠過軟濡的洞口。無法宣洩的徐翰烈痛苦地哼叫著，急忙抓住白尚熙握住自己分身的那隻手，泛著紅暈的一張臉已是泫然欲泣的模樣。

「嗚……為什麼、為什麼為什麼……」

「不要這麼快就去了嘛。」

白尚熙在吵著想射的徐翰烈臉頰上親了又親，將那枚跳蛋抵上他的後穴口。裹著濕黏唾液的物體碰到那特別敏感的小洞，讓徐翰烈忍不住皺起了雙眼。

「啊、啊嗯……」

白尚熙輕緩地左右旋轉著圓形的跳蛋，擴張過的穴口便將它小口小口地吞了進去。修長的手指跟著跳蛋一併推入，徐翰烈的腹部因那股清晰的異物感而不自覺使力，「呃」地發出低啞的呻吟。

待跳蛋通過了窄口，異物感也變得不那麼明顯。徐翰烈悄悄抬頭想察看下方的情況，白尚熙的唇覆上他的嘴，把他按了回去。白尚熙抽出伸至後穴深處的指頭，換成性器，一口氣推入，龜頭的前端於是頂到了跳蛋。他使勁地推擠，將跳蛋狠狠向內送。原先被開拓成白尚熙性器長度的甬道又再向前拓展了一些，逼得徐翰烈的身子再度繃緊。

「……呃、呃嗯！」

粗長的男根將按摩器推至無邊無際的深處，表面滑溜的跳蛋柔和地按摩著黏膜，不斷地朝著裡面、再更裡面鑽動。惶惶無措的徐翰烈伸長了舌頭，被白尚熙氣定神閒地壓制，兩人對接的口腔之中一再吐出混濁的氣體。到最後，白尚熙的下腹總算完全貼上徐翰烈的會陰部，跳蛋也停在一個從來不曾到達過的位置。

白尚熙在這樣的狀態下啪啪地頂撞了幾下，似乎已經走投無路的跳蛋被撞進更深的地方，惹得徐翰烈的身體憤然激動翻騰。就算他老實待著不動，按摩器橢圓形的邊緣也會壓迫到敏感的腸肉。一種模糊的絕望感來襲，下顎不由自主地顫抖了起來。

「……啊呃呃。」

無處宣洩的性器脹痛不已，徐翰烈一臉欲哭，拉扯著白尚熙握住他分身的那隻手。白尚熙卻只是繼續大口含住他唇舌，悠哉地與他接吻。直到徐翰烈快要把他手指頭拗斷時他才驟然鬆手。擺脫了束縛的性器僅是因熱意的凝聚而脹得硬實，並沒有立即爽快地射精。徐翰烈更加拚命地吸吮著白尚熙的舌頭，往他身上磨蹭著下體。

白尚熙大大方方地獻出自己的嘴任他索討，之後撿起了隨意扔在地上的開關。

當他扯了下那條和開關相連的細線，徐翰烈正在忘我地啃咬吮吻著白尚熙嘴唇的動作忽然一頓。他的視線迅速沿著那條線移動，在發現到另一端的開關時唰白了臉。

不祥的預感將他淹沒，「不要」的話語沒來得及發出聲音，只迸出了一口粗氣。白尚熙一刻不猶豫地開啟了震動按摩器的開關。

「呃啊！嗯……哈嗯——！」

才剛啟動那按摩器，徐翰烈就發作似地翻坐起身，兩隻腳掙扎著想逃離肚子深處觸發的那股震動。他慌忙地把手伸向和跳蛋連結著的那條線，但白尚熙的生殖器塞住了穴口，使他無法如願。完全被截斷了退路的徐翰烈被活生生拋進一種頭皮發麻的刺激當中。跳蛋被釘在他的敏感處上強烈地震顫著，令他在無法言說的歡愉泥潭裡載浮載沉地掙扎。頭髮都倒豎了起來，眼前登時閃現黃光，腦中的一整束神經像是倏地斷裂了一般。徐翰烈失神地喊叫，全身變得敏感至極。

白尚熙壓制著他彈動的身體一邊往裡面抽送著性器，源自於跳蛋的顫抖一起震動到他的龜頭，腹肌自動跟著收縮。如此尖銳的刺激他一次都沒經歷過，前列腺液興奮得不斷流泄。感覺面前一陣天旋地轉，順著後頸爬升蔓延的熱氣讓腦子咕嚕咕嚕地沸騰。

當徐翰烈胡亂擺動著四肢，肚子裡跟著顛簸，連帶扭絞著白尚熙的性器。陰莖毫無閃躲餘地，被跳蛋震開了鈴口，趁著那開口縫隙刮撓著內部敏感的軟肉。就算是白尚熙，這次也不得不揚起下顎，在這番殘酷的快感裡渾身顫抖。他緊抿著嘴，最終仍是擠出了咬牙聲。肉體已完全脫離自己的意志掌控。實在承受不了那種影響全身的感覺而向後撤退，性器卻馬上又追逐著那份刺激地再次深入，彷彿想尋求更強勁的快感，無法克制地對著跳蛋磨蹭著快要爆發的鈴口。被碾壓的跳蛋深深埋進徐翰烈的肉穴，毫無章法地翻攪著最敏感之處。徐翰烈感覺自己真的會瘋掉——說真的，他的意識已經是模糊不清的狀態。

「哈啊、啊、呃、呃……」

「哈嗯、呃、呃啊、呃嗯嗯、哈、啊啊！」

徐翰烈脖子上青筋畢現，口中叫著淫靡浪蕩的呻吟。緊緊閉上的雙眼一刻也無法正常睜開。隨著一下下頂弄而巨幅擺動的性器終於射出了乳白的液體，宛如噴泉般湧出的精液四濺，在白尚熙的下巴上也長長垂掛了一條。縱然如此，在白尚熙繼續操著後穴的同時，徐翰烈的陰莖仍間歇射出殘餘的精水。

「哈嗯嗯、嗯……啊！呃啊！啊！」

徐翰烈一面在駭人的餘韻中扭動著身子，接連在未盡的快感中潰堤瓦解。就算性器已經高潮噴了精，還是無法緩解那極度蔓延的癢意。他在白尚熙徹底的抽插之下微微扭著腰身，下身反而還哆哆嗦嗦著恢復了精神。越想擺脫卻越是擺脫不了的顫慄感引發體內倏然湧現了一股什麼，肚子裡像是生出了一個巨大的無底洞。

白尚熙的眼神彷彿要將人戳穿似的，俯首盯著在自己身下逐漸崩壞、耽溺在深沉肉慾之中的徐翰烈。隨後他突然把膝蓋塞到徐翰烈腰下，抬起他整個下半身。徐翰烈的身子被折成了一半，可以在自己分開的雙腿間看見對方的臉。白尚熙清楚地直視著徐翰烈，重新用力貼上他的下腹部。徐翰烈固執地強忍叫聲並轉開了臉，卻沒有辦法忍住眼角迸落的液體。

「呃呃、嘶——！」

白尚熙發出了如野獸般的嘶吼，跟著將腹部裡黏稠匯聚的熱意化成濃濃精液一股腦地射出，汗濕而膨脹的背部吃力地起伏。

有好半晌，兩人之間毫無一絲間隙地交纏在一起，承受著一波波滅頂的快感。疊合的軀體一刻也未動彈地相擁著，方才猶如將身子投進高溫的火坑裡，如今卻急速地泛升一股寒意。獨自在肚子裡嗡嗡作響的按摩器這才停了下來。徐翰烈被勒緊的手腳發軟無力，渾身上下又酥又麻，他現在除了喘息以外什麼事都沒有辦法做。白尚熙雖然稍微鬆開了抱著徐翰烈的臂膀，仍是將他摟在懷裡沒有完全放開手。

綿密的吻從濕漉漉的臉龐一路延伸到耳邊和頸側，乏力感過於強烈，徐翰烈就

只能癱軟躺著，甚至沒有想到要擦拭一下濡濕的眼角，也沒有力氣將大張的雙腿給合攏。他染著水氣的睫毛抽搐般地顫抖。就算說他情緒激動到頭髮發白的地步似乎也不奇怪。他癡癡地想著，不知道以後是否還有機會感受這種極致的快感。這麼令人震撼的性事，要是按這樣的強度再多來幾次，不曉得最後會不會直接瘋掉？

白尚熙隔了一段時間才拔出了性器，受了按摩器好一番刺激的龜頭比平時更為紅腫。他一併抽出了連接著按摩器本體的細線，浸滿精液的跳蛋輕而易舉地滑出。

白尚熙將滿是液體的跳蛋放在徐翰烈的性器上摩擦。癱倒的徐翰烈縮瑟了一下，曲起膝蓋，受到刺激的前端鈴口亦是收縮不已，誠實地作出了反應。沾染在跳蛋上的精液稍微滲進了徐翰烈的尿道裡。白尚熙將在龜頭上默默轉動的跳蛋緩慢地貼著柱身滑動，使它埋進囊袋之間，隨後把被自己的精液給糊得晶亮的性器整根含進了嘴裡。溫熱的口腔黏膜環繞住不安定的肉莖，舒服的感受讓徐翰烈慵懶地在床上磨蹭著腦袋。宛如喟嘆般的吐息是香甜的。白尚熙不疾不徐地擺動頭部，一心一意地吸吮口中的性器。

「呃、哈啊……跟你說一件事吧？」

正一臉倦意地享受著甜美吸附感的徐翰烈忽然開口，嗓音啞得分了岔。白尚熙沒有說話，僅抬眸朝他瞥了一眼作為回答，然後用手托著那根性器在表面上不停啄吻。白尚熙的舌自下而上舔到龜頭處，舌面覆蓋在尿道口上一陣摩擦，再毫無顧忌地含在嘴裡猛力嘬吸。徐翰烈倒抽了一口涼氣，伸手揪著白尚熙的耳朵。直到白尚熙終於放開他鍥而不捨含在嘴裡的性器，徐翰烈隨即接續了剛才的話題。

「我啊，有愛滋病。」

白尚熙的動作停了一瞬，盯著徐翰烈的一雙眼睛相當謹慎，像是在確認著這句話的真實性。徐翰烈咧起嘴角，綻開笑意。

「你不覺得奇怪嗎？我怎麼會到了這年紀都還沒結婚。希望在死前能抱到曾孫的我們家老頭怎麼可能會毫無理由的放過我呢，對不對？」

彎著腰的白尚熙直起了上身，表情沒有什麼變化。徐翰烈慢慢轉動眼珠子觀察著他的臉色，「你該不會是以為……」他嘟囔著的嘴角依舊帶著上揚的弧度：

「我這十年來都忘不了你，所以才會像個冤大頭一樣替你收拾殘局吧？」

「……」

「就算沒有你，過去十年我過得可好了。起初有陣子確實懷疑自己是不是成了一個會對男人發情的變態而感到有些納悶，結果一沒有見到你，我就恢復正常了耶。可以跟女人交往，也順利拿到學位，身邊也沒有出現任何礙眼的傢伙，一切都好到不行。」

「那你應該繼續在那邊生活啊，為什麼要回來？」

「我要回來找你報仇啊。」

白尚熙聽了不禁失笑，徐翰烈不以為意地繼續說道：

「要不是得了這該死的病，我就一輩子留在那裡了。一想到自己要死了，竟然最先想起你那副嘴臉。還以為這段時間我已經忘懷了過去，沒想到突然覺得很不甘心，我竟然將這麼短暫的人生浪費了一大部分在你身上。而你這個傢伙，根本不會知道我死在哪裡、是怎麼死的對吧，就算偶然聽到了消息，或是根本就無從得知，你也會像個沒事人一樣吃好睡好，繼續過你的日子對不對？想到這裡，我就一天也無法安穩入眠。對於別人帶給我的傷害，我是決不會輕易善罷甘休的，當然，你也不例外。要是就這樣放過你，我大概會死不瞑目喔。原本運氣也沒有多好，可能是因為染上這種惡疾，老天爺看我可憐吧，時機就這麼剛剛好，你自己先跑來聯繫我。」

自從高中輟學之後，白尚熙便沒有再跟徐翰烈見過面，對方也沒有主動找來，甚至沒特別聽聞過他的消息。幾年前碰巧有在電視新聞上看到他回國並且馬上就要參與公司經營的消息，就只有這樣而已。當初是那麼陰魂不散，如今既然再也不會出現在自己面前，白尚熙心想，應該就這樣結束了吧，徐翰烈果然也跟其他人一樣，終究還是會冷卻下來，對自己喪失興趣的。所以他那時才會要徐翰烈結束那異樣的執著和幼稚青澀的徬徨，回到他原本的道路去。

發生雙方暴力糾紛事件的時候，白尚熙會讓姜室長去他家，純粹只是一個賭注。就算是想抓住救命稻草，這樣的行徑確實太過魯莽冒失，畢竟，十年是多麼漫長的一段歲月。

然而，徐翰烈卻就這樣答應了白尚熙的請求。事件剛解決完，白尚熙就入伍當兵去了。等他退伍之後，即使沒有立即登門拜訪，徐翰烈也沒有特別表示不滿，而是一直等到白尚熙再次找上門來時，施予他更大的幫助。聽聞了一連串始末的姜室長曾質疑他是不是在對白尚熙復仇，而現在徐翰烈本人也是如此主張的。假如他所說的話皆屬實，那麼至今為止那些不符合他作為的容忍和無止盡施捨的原因也就變得合情合理了。

只不過，白尚熙也算是個經驗豐富的江湖老手了，他沒有傻到會被那種淺顯的謊言或技倆所矇騙。徐翰烈那麼焦躁不安地觀察著自己的反應，做好一臉要受到傷害的準備，然後跟他說這是在報仇，實在是沒有什麼說服力。

「我知道了。」

「……哈？」

「被你傳染就可以了吧？我得繼續和你好好做愛，直到我染病為止。」

「你在說什……」

徐翰烈話還沒說完就被逮住腳踝，身體跟著被拉了下去。「什麼啦……」儘管他提出抗議，白尚熙毫不猶豫地把自己的陽具抵在那濕濡的穴口。

「我是不知道你為什麼要這麼處心積慮地逼我討厭你，但我相信你總可以了吧？」

「你少來了。」

「如果你說的話都是真的，那我可得不留遺憾地做個夠才行，搞不好是這輩子最後一次做愛呢。」

「你是瘋了嗎？你有確實聽懂我說的那些話嗎？」

「你才是，要報仇的話就好好報仇，既然已經有明確的對象了，就別把其他無辜的人們給牽扯進來。」

白尚熙抱怨般地提出建言，然後無預警地將性器推了進去。猝不及防被進犯的感覺惹得徐翰烈發出輕微的慘叫聲。白尚熙上身弓成圓弧狀，把徐翰烈的腰臀再抬高了一些。徐翰烈的身體被完全對折，大腿內側和白尚熙的胸部緊密貼合。白尚熙膚質滑亮的臉龐剛好卡在徐翰烈瑟瑟發抖的膝蓋上方，居高臨下地看著徐翰烈充血泛紅的面孔。剛才還揚言表示這所有的一切都只是為了復仇，而徐翰烈如今的表情比起得逞後的爽快，更像是帶著些許說不上來的氣惱。

白尚熙的唇在他額頭上一下下地輕觸，由於這個動作，他的身體重重地壓迫著徐翰烈，性器也插得更深入，讓徐翰烈不由得逸出哀鳴。「聽懂了沒？」白尚熙愛撫著他潮紅的面頰一邊問道。

「你那些手段不怎麼高超的報復也好，無理取鬧也罷，我願意全盤接受。」

白尚熙的語氣溫柔到無法讓人不誤會。他的臉上浮現出徐翰烈之前從未見過的深情笑容，像在看著一個可愛無比的東西那般，露出憐惜的眼神。

『那跟對象是誰根本無關啊。』

擰著眉的徐翰烈乾脆狠狠閉上了雙眼。不可能的，這只是他上了床之後的甜言蜜語而已。儘管如此反覆再三地告訴自己，徐翰烈的心臟仍是兀自一陣狂跳。

就連故意惹對方討厭都事與願違，一顆心突然迷失了方向，不知該何去何從。

✳

這不就是十幾歲時會出現的自我認同感混淆嗎？徐翰烈在沒有白尚熙的學校往

返來去著，不斷合理化地說服自己，自己對他的感覺只是面對比自己優越的同性所產生的警戒、欽羨、敬畏之心那一類的，長大成人之後，這樣的想法變成了一種確信。

他此後的人生順遂得不可思議。高中畢業之後，徐翰烈平穩地按照著別人為他規劃好的人生路線，順利進入志願的美國名校並取得了學位。

交往的女人更是沒有停過地一個換過一個。他在性能力這方面沒有任何異常，對於同性也不曾產生過特別的興趣。在韓國度過的那一年時光簡直就是一場過往雲煙。

白尚熙的存在感隨著時間流逝而逐漸淡去。雖然白尚熙自動退了學，但只要有心找人，徐翰烈想找到他絕非難事。然而徐翰烈卻沒有那麼做。他不想再去找那個抵死不從的對象來傷害自己的自尊心了。放下他比想像中還來得輕鬆容易。所謂眼不見為淨，那種每次看到他時激盪的心緒在見不到他之後也自然地平靜了下來。畢竟一個沒有爐火的鍋子自己是沸騰不起來的。

也許徐翰烈只是想要證明，白尚熙在他的人生中就像是個轉瞬即逝的煙火。

沒有了他，自己的日子依然是順風順水地流逝。

徐翰烈只要做到自我約束就可以了，不刻意去打聽的話，白尚熙的消息一概不會傳進自己耳裡。從一開始就是這樣，假如他沒有對白尚熙產生興趣，硬是接近他挑釁他的話，兩人之間是不會有任何交集的。

他們這樣算是彼此都回到了自己應該在的位置。莫名其妙佔據心中的大石一旦消失，生活的水流立時變得湍急了起來。怕自己會胡思亂想，徐翰烈好一陣子都過著心無旁騖的日子。

在他差不多大學快畢業的時候，醫界開發出一種手術能夠降低他這種疾病的重症度，可惜並不是期待中的根治方法。不過，據說透過切除畸形部位的治療方式，可以防止猝死並延長壽命。

唯一的一項疑慮是，相關研究才在剛結束的階段，徐會長希望能再觀望一下手術的實際療效和術後的結果。但是沒人能保證徐翰烈能平安撐到那個時候。

由於頻繁的心律不整和心悸，徐翰烈經常失眠。身體狀況急速惡化，導致躺到下午還不能起床的情況也時常發生。他總是在感覺身體狀況恢復得不錯時就又會老毛病發作，主治醫生也試探性地提出了考慮心臟移植的想法。

「動手術吧，我幫你找了一個可靠的醫生。」

徐朱媛在深思熟慮之後做出了決定。徐翰烈滿不在乎地點頭，並不擔心手術是否會失敗。對死亡的恐懼本來就是出自於對生命的執著或留戀，當時的徐翰烈可是一點也不覺得害怕。

只不過他的身體就連想做個簡單的手術都不被允許，在麻醉階段竟出現了「惡性高熱」的症狀，呼吸和脈搏失控加速，肌肉僵硬，體溫在短短幾分鐘之內飆升到四十二度左右。在注射解藥之後，為了降低體溫還出動了冰袋，奮力搶救了五天之久。

徐翰烈在生與死的邊境徘徊時做了一個冗長的夢。在那個夢境裡，他和自認為已經遺忘了好一陣子的白尚熙重新相逢。和他初次相遇的走廊、充滿消毒水味的游泳池、地面滾燙的操場、吵吵鬧鬧的食堂、可以清楚看到空氣中塵埃飛揚的教室，甚至還有他最後揚長而去的校門口。每一個瞬間的回憶都鮮明地浮現在腦海裡。就算徐翰烈想阻止也阻止不了，被強行埋沒的情感悄悄地抬起了頭。

徐翰烈感覺痛苦萬分，因再怎樣拚命掙扎也無法逃離這一切而絕望不已。他不希望自己生前最後的回憶停留在這裡，他是真的不想就這樣死去。

等他清醒過來的時候，感覺千頭萬緒，過多的感受席捲而來，大腦混沌昏沉。他彷彿死過了一次，手腳不聽使喚，身體發冷，感覺全身嚴重浮腫似的反應遲鈍，視野不時變得朦朧不清。徐朱媛緊抓著他的手，眼淚奪眶而出。自母親過世之後，這是徐翰烈第一次看到她哭泣的樣子。徐會長也是重複默念了好幾遍醒來就好的寬慰話語，讓徐翰烈有種自己重新活過來的真實感受。若要他說重生後的自己和之前有什麼不同，那就是如今的他無法再用超然的態度去面對離他更近一步的死亡。他不想這樣忐忑不安地發抖，一邊等待著人生的結局到來。為此，他必須先從那個突然萌生焦慮的源頭開始解決。

「我要回韓國。」

在身體穩定下來之後，徐翰烈表達了他回國的決心。徐朱媛和徐會長都沒有追問他理由，

就只是順著他的意，答應了他的要求。

光是徐翰烈學成回國的消息就足以引起企業界的一陣騷動，許多人預測日迅將會加速進行經營權繼承的準備，而實際上的人事異動也隨之而來。就算再怎樣漠不關心，只要是韓國人，多少都一定會接觸到和徐翰烈相關的新聞消息。尤其徐翰烈也經常出沒在娛樂圈，白尚熙不可能不知道他的存在。但白尚熙始終沒有主動接觸聯絡。徐翰烈聽聞白尚熙找到了一個不錯的贊助商，正如他所料，對方似乎過得滿好的。

徐翰烈並沒有倉促行事，他決定先按兵不動。而白尚熙最後來找他，是在他回國過了兩年多之後。

他恍恍惚惚地抬起了眼皮，感覺睡了滿長的一段時間，由於窗簾緊閉的關係，房間裡仍是一片昏暗。白尚熙似乎已經回去了，沒看到人。徐翰烈只不過是打量了一下周圍就開始暈眩，眼睛也一陣痠麻。

「啊……」

他抬手掩面，掌心顯得有些潮濕。光是這種程度的細微動作，肌肉痠痛感就立刻來襲。他低低嘆了一口氣，仰躺著望向天花板，沒過多久便痛苦地皺起眉頭來。看來是又要不舒服了。畢竟這也不是第一次，要說習慣他也算是習慣了，儘管如此，每次遇上這種情況還是會忍不住想發脾氣。因做愛後遺症而病倒的樣子實在太丟臉，他連醫院都不敢去。這副身軀真的是虛到一個不行。

他的主治醫生並沒有禁止他進行性行為，只要不是跑馬拉松或像足球那種滿場跑的劇烈運動，醫生說適度的活動反而有助於培養體力。但是每次和白尚熙做完之後，幾乎都會出問題。徐翰烈唯獨在和他做愛的過程中會感覺到自己體力的極限。每次都被他逼著做到連一根手指頭都動彈不得，承受著心臟快要當場爆炸的魔鬼訓練。照這樣下去，自己似乎極有可能發生「性猝死」的慘劇。

徐翰烈喉嚨乾渴，一坐起身眼前就暈了一下，他只好再度躺下。眼睛在嚴重的暈眩下不自覺閉緊，脊背和後頸倏地發涼。惡寒讓他的四肢不停顫抖，體內卻是滾燙著高溫。原以為是因為剛睡醒的關係，急促的呼吸卻沒有鎮定下來的跡象。不管他再怎麼深呼吸都吸取不到足夠的氧氣。只要稍微想起身，肚子裡就一陣翻攪，掀起反胃感，他只好茫然地躺著，等待狀態穩定下來。

但他躺了好片刻，感覺絲毫沒有好轉，看來不叫楊秘書是不行了。徐翰烈在床上慢吞吞地摸索，想要加快動作，脫力的身體卻不聽使喚。彷彿一般重力的好幾倍力量在將他往地面拉。光是一個小小的動作眼前都立刻直冒金星，覺得要喘不過氣來。徐翰烈到最後還是沒有找到他的手機，後來才想起大概是放在脫在沙發上的外套裡。他有辦法走到那裡嗎？內心感覺希望十分渺茫。他做了一個深呼吸，連吐氣時都很沒出息地抖個不停，只能氣喘吁吁地癱軟在床上。

不知過了多久，緊閉的門忽然被開啟，有人走了進來。由於徐翰烈閉著眼的關係，看不到來人的長相，但是靠著他坐在床緣的體重可以判斷出這個人是白尚熙。原來他沒有回去嗎？白尚熙好像是去沖了個澡，大量的水氣在乾燥的空氣中擴散，徐翰烈愛用的沐浴用品香氣也跟著一起飄了過來。

徐翰烈靜靜地吸著氣，頓時感覺到一股直接的視線。片刻後，一隻大掌朝他臉龐伸來，他擰起眉頭，縮了縮脖子。摸著他臉頰的手掌並不冰涼，但在不舒服的狀態下，那不同於己的體溫仍是讓徐翰烈覺得相當彆扭。

白尚熙再度端詳了一下徐翰烈的臉，這次手摸上他額頭，繼而在頰側和脖子上也不斷用手背探著體溫。徐翰烈滾燙的肌膚表面起了小小的雞皮疙瘩，濕透的睫毛也撲簌簌地顫抖著。他不想發出聲音的，卻還是在白尚熙撫摸著自己時忍不住洩出嗚咽聲。

「是宿醉嗎？」

輕輕地把徐翰烈黏在額頭上的頭髮向後撥開，白尚熙一邊問著，同時用大拇指在濕漉的額頭上緩緩地摩挲。

「還是你感冒了？」

徐翰烈連回答的力氣都沒有。四肢抖到不行之外，現在連喉嚨都在痛。他揮開白尚熙的手，把被子拉得更高。白尚熙卻沒有退開，身體猛然傾了過來。

「昨天應該是沒有做得太過份啊，這樣太勉強了嗎？」

潮濕的氣息不斷靠近，徐翰烈的肩膀自動縮瑟了起來。一股涼意沿著脊椎向下掠過，白尚熙身上散發的香氣彷彿快要令人窒息。

「……吵死了，你很煩耶，快走啦。」

好不容易從喉嚨擠出來的聲音悲慘地帶著沙啞。臉上熱燙燙的，不知是因為發燒還是感到羞恥的緣故，徐翰烈把臉往被子裡埋得更深了。白尚熙楞楞地看著他那模樣，隨後毫不猶豫地掀起了被子一角，再次往徐翰烈的脖子摸去。徐翰烈煩躁地嘆氣，最後終是轉過身子背對著他。

白尚熙低頭看著自己撫摸過徐翰烈的那隻手掌。感覺燒得很嚴重，呼吸和流汗的量也不太尋常。

仔細想想，每次和徐翰烈做愛完幾乎都沒有和他待在一起。不是被行程追趕的自己先行離去，就是徐翰烈逃跑似地消失不見。他聽說過女人的初夜或某些不習慣發生關係的人，做完之後常會產生身體不適的反應。難道徐翰烈也是嗎？畢竟他曾說過自己是第一次和男人上床。

『不管代表他是怎麼指示的，希望你盡量避免過於激烈的行為。』

楊秘書的忠告也和這件事有關嗎？自己沒來得及完成的善後工作應該是落到楊秘書頭上了。白尚熙努力回想，才發現徐翰烈每次找他至少都間隔了一週到十天以上。本以為他單純是因為工作忙碌或本身就性慾不太旺盛，沒想到可能是自己誤會了。

他直勾勾地看著轉身躺著的徐翰烈，接著伏下身，額頭貼上了徐翰烈後頸。意外的接觸害得徐翰烈忍不住蜷縮。

「每次都會這樣嗎？」

「走開啦。」

「我在問你，是不是每次和我做完都會這麼不舒服。」

「我不知道啦，不要再煩我……！」

徐翰烈的聲音終究是破了音。被白尚熙氣了一下感覺頭又痛了起來，他只能咬住嘴唇閉著眼睛。徐翰烈真心盼望白尚熙能趕快離開，不想再讓他看到自己這副狼狽的模樣了。

「我都不知道。」

一聲低沉的嘀咕緩緩傳來。白尚熙語畢後仍是久久沒有起身，目光也依舊輕落在自己後背上，讓徐翰烈在意到不行，就連想好好抱病休息都無法。

他討厭自己這種患得患失的情緒，不想去在意白尚熙現在人在哪裡、和誰在一起、看到了什麼，抑或有怎樣的想法。話雖如此，人心總是難以隨意掌握控制。與他相關的那條神經線繃緊到極致，一點微小的震動都能引發強烈的震盪搖擺，影響著徐翰烈的心緒。

哪怕是暫時的也好，想放下心中那根敏感的神經。

所以徐翰烈才帶了女人回來。被慾望吞噬時的忘我，連帶著自我認知也會變得模糊，似乎放縱於快感之中就能暫時將其忘卻。看到自己許久沒被其他人碰觸的身軀開始發熱，徐翰烈頓時鬆了一口氣。他光是見到突然找上門的白尚熙和自己以外的其他人嘴對著嘴、肉體糾纏的樣子就眼前發白了，卻在發現自己還能正常跟別人上床時感到如釋重負。此刻的他渾身痛得像是散了架，是在為一氣之下扯了什麼愛滋病的謊話而付出代價嗎？

「我要睡了，你別再妨礙我，滾啦。」

徐翰烈把被子蒙到了頭頂。雖然不再破音了，聲音卻虛弱得一點力氣也沒有。他都說到這個地步了，白尚熙還是不肯乖乖起身，徐翰烈甚至感覺床鋪陷得更深。本來就夠無力了，那沉重的軀體甚至壓上了自己。徐翰烈還沒搞清楚是什麼狀況，白尚熙已經伸出兩隻手臂，連同棉被一起抱住了他。蜷縮的身子幾乎被掩埋在白尚熙的懷中。徐翰烈動了動肩膀，試圖推開他，但白尚熙收緊了胳膊，把徐翰烈更用力地摟住。他還把下巴靠在徐翰烈肩膀附近，「好好睡吧」，語氣懶散地附在他耳邊細語。

「我今天會看著你睡覺，等你睡起來我再走。」

一句無心的話就能夠把人耍得團團轉。徐翰烈的下巴使勁貼胸，要是不這樣壓

抑自己，感覺在這理智特別脆弱的時候，一個不小心就會爆發出什麼東西來。他只能死命咬著下唇隱忍。

徐翰烈在那之後昏睡了許久，不對，或許是因為病得太重無法熟睡的關係，他的感官其實一直維持著運作。門鈴好像響了幾次，還聽見白尚熙不知道在和誰窸窸窣窣地講著話。也有可能是自己幻聽了。有意識和無意識之間的交界過於朦朧不清。

白尚熙把半夢半醒的徐翰烈扶起來餵藥，時不時檢查他的體溫。擔心濕床單他睡了不舒服，還幫他鋪了一條乾淨的浴巾，替他擦拭身體，也為他換了新的睡衣。徐翰烈被白尚熙相對冰涼的手掌給觸摸得反射性畏縮，卻又下意識在他掌心偷蹭臉頰。白尚熙於是將唇瓣印在他灼熱的肌膚上。徐翰烈燒到連那溫柔的親吻都令他感到疼痛，細細密密的吻鋪天蓋地落下，持續到徐翰烈低聲囈語著躲進被子裡才打住，有幾次白尚熙甚至繼續親在徐翰烈蒙著臉的被子上。

白尚熙一直沒有離開床邊，他乾脆拿了把椅子，坐在一旁守著在睡覺的徐翰烈。即使閉著眼睛蒙著被子，徐翰烈也能感受到那道赤裸的視線。不知道有什麼好看的可以讓他這樣觀察半天。想要不去在意他，徐翰烈卻無法做到。

他努力地想假裝自己已經沒事，高燒不退的身體卻不聽使喚，無意識地發出痛苦的呻吟。每當他難受出聲，白尚熙就會伸手摸摸他，有時候也會親吻他汗濕的脖子，在頸窩處逗弄個不停。徐翰烈搞不懂他到底是在想些什麼會有這些舉動，但在這種情況下，還在害怕身上會有臭汗味而縮著脖子的自己大概也是不太正常。

意識似有若無地延續著，在腦子一片混沌之中聽見一句「你的秘書來了」的低語。也有可能是夢境裡產生的錯覺。

等他再次睜開眼來，白尚熙已經不見人影。只剩那張面向著床鋪的椅子證明他曾經一直待在那裡。臥室外面有人正在壓低音量講著電話，不是白尚熙，看來應該是楊秘書。

徐翰烈悶哼著，坐起了上身。身體還十分痠痛，但沒有出現預想之中的眩暈。也許是躺得夠久的緣故，先前昏沉的腦袋裡如今一片空白，徐翰烈只能坐著發呆。

隔了一陣子他才終於下床，進了浴室。睡覺時感覺身體不斷在出汗，多虧白尚熙一直在幫他擦拭，才沒有那麼黏膩不適。徐翰烈往洗衣籃撇了一眼，裡面裝了一堆用過的濕毛巾。

「……」

這麼無微不至是要幹什麼，難道這算是他提供的服務之一嗎？還是這是在體現他那份隨著做愛次數累積的肌膚之情？不管是那一種，徐翰烈都不喜歡。明明是不喜歡的，卻對於無意中從鏡子裡瞥見的自己感到陌生。滿是病容的臉色雖然蒼白無比，展現的表情卻十分怪異，分不出來是在笑還是在不開心。

宛如看到了什麼不該看的東西，徐翰烈咻地扭開了頭。他站到花灑之下打開水，皮膚表面的細胞開始對傾灑而下的水柱有了反應，使得白尚熙在他身上各處留下的痕跡變得更為醒目。徐翰烈來回撫摸著自己被他又咬又扯之後發癢的脖頸。

「您起來了嗎？」

他披上浴袍走出浴室，楊秘書立刻從沙發上站起來恭敬地問候。徐翰烈只向他點點頭，打開一瓶礦泉水漱著口。他不曉得楊秘書有沒有和白尚熙碰到面，但透過各種情況，楊秘書應該是知道白尚熙曾在這裡過夜。儘管如此，楊秘書對於徐翰烈過夜的對象一夜之間換了人的這件事並不感到意外，他在接下來的報告當中解釋了理由。

「兩天前的晚上，我接到池建梧先生的電話，要我盡快趕過來。我在VIP專用停車場接到一位女性，然後親自把她送回她家，為了避免引起不必要的誤會，我也針對當時的情況向她做了清楚的說明，所以您可以不用擔心。」

徐翰烈無所謂地點了點頭，「還有，」楊秘書接著說道：

「池建梧先生要我代為轉達說他因為工作行程的關係，沒能遵守承諾就先離開了。」

「……承諾？」

徐翰烈懷著疑惑，回頭看向楊秘書。楊秘書一臉完全不知情的模樣，補充說「他就只說了這麼一句」。驀地，徐翰烈腦中閃過一段記憶。睡意朦朧時的片段難以分辨它是否真實發生過。

『我今天會看著你睡覺，等你睡起來我再走。』

他所說的承諾難道就是這個？徐翰烈整整病了一天，而白尚熙這段時間一直守在他身旁，不時做出一些煩人的舉動。要不是因為有行程，他是不是打算繼續這樣守在自己身邊？徐翰烈的後頸沒來由地發燙，耳朵也跟著紅了起來。他摸了摸自己通紅的耳廓，見楊秘書露出了憂心的表情。

「池建梧先生說您昨天一整天身體都相當不適，現在還好嗎？要是還不舒服的話，我去約一下醫院……」

「不用，沒事了。我的衣服呢？」

「幫您準備在更衣室了。」

徐翰烈說了一聲「辛苦了。」便回頭走向更衣室。裡面掛著楊秘書帶來的三套西裝，果然都和徐翰烈的個人品味相去甚遠。要是在平常，他肯定會叫他重新再去拿別套過來，今天的徐翰烈卻特別安靜地挑選著要穿的衣服。聽見更衣室裡面隱約傳來了一陣斷斷續續的，哼著歌的聲音，在外面等候的楊秘書傻眼地望向更衣室。兩天前的徐翰烈還一直處於低氣壓狀態，病了一天的他如今看起來心情卻比任何時候都要來得好。

✳

「那是什麼？」

結束了外務工作，徐翰烈正在回公司的路上。車子進入停車場前，他忽然要司機暫停一下，下巴朝窗外稍微揚了揚。

他所指的地方停了一台計程車，司機和乘客之間似乎發生了一些爭執。乘客的身影被大發雷霆的司機擋住了，看不太清楚，不過從那偶然間露出的裝扮可以看出來是個學生。他們又不是什麼偶像經紀公司，難道有粉絲找上門嗎？不管如何，對於發生在公司門口的騷動不能就這麼視而不見。

「你去看一下是什麼情況。」

「是。」

楊秘書馬上下車朝計程車那邊走去。司機於是開始抱怨，要他評評理。大致了解了事情的來龍去脈，楊秘書不知為何表情變得有些為難。難得一見的場面讓徐翰烈覺得有趣，他直接盯著他們看，等了一陣子楊秘書才回來。徐翰烈只把車窗稍微降下來，問他到底是怎麼回事。

「那個……」

「什麼啦？」

「是白寒熙小姐。」

楊秘書不知該如何啟齒，斟酌半天忽然直接報了個名字。徐翰烈沒有立刻意識到那個名字為何如此熟悉。

「誰？」

「她是池建梧先生的小妹，白寒熙小姐。」

「啊。」徐翰烈驚呼了一聲，視線再度越過車窗向她看去。白寒熙正在暴跳如雷的司機面前低著頭。

「要怎麼辦呢？」

徐翰烈沒有說話，直接開門下車。計程車司機驚訝地來回打量這兩個靠近的男人，但是徐翰烈的目光沒有看向他，而是固定在白寒熙的頭頂上。儘管感受到對方大剌剌的注視，白寒熙也沒有抬頭。徐翰烈只看過一兩次她的照片，一時想不起來當時對她的印象，那甚至都是十年前的事了。

「是怎麼回事？」

「哎，就這個妹妹招了我這輛計程車，然後拿了這張紙條給我，我問她是不是到這上面寫的地址，她就只是點頭，問什麼話她都不回。雖然覺得不太對勁，但我想說應該她的家長就在這裡吧，結果車子都開到了這裡，她居然才說她身上沒錢啦。怎麼可以沒帶錢還這樣坐霸王車呢，是不是？」

司機說著火氣又上來了。

「金額是多少？」

徐翰烈一邊問著，眼睛依舊盯著白寒熙看。司機表示這樣就對啦，開始企圖討價還價。

「金額是三萬七千元，但是我在這裡又白耗了一些時間，總共得收五萬塊才行。」

徐翰烈馬上從外套裡掏出皮夾，拿了張支票遞給司機。想著要找他錢，正要回車上拿錢的司機突然杵在原地。這支票上的金額也太大了。

「不是、那個……沒有現金嗎？我的錢找不開耶。」

「不用找沒關係，這趟辛苦了，您請回吧。」

司機頓時不知該如何是好，躊躇不前。楊秘書很是機靈地把他打發走了。計程車開走之後，白寒熙仍是一動也不動地站著。那樣一直垂著頭盯著地上看，也不知道脖子會不會疼。

「妳是尚熙的妹妹？」

徐翰烈才剛提到白尚熙的名字，白寒熙倏地抬起臉來。不知道為什麼，只見她臉上閃過一絲驚惶的神情，隨即又變得呆滯，眼珠子迷失了方向似地飄忽不定。乾裂到脫皮的嘴唇也被她緊緊抿著。感覺有點奇怪。

徐翰烈向等候差遣的楊秘書詢問白尚熙的行程。

「池建梧先生現在正在哪裡做什麼呢？」

「我確認一下。」

「立刻確認好，我先上去了，你停好車再來吧。」

楊秘書答著是，同時在原地繼續待命，打算等看到徐翰烈進去之後才要開始行動的樣子。徐翰烈重新看向了白寒熙，問她：「妳呢？」白寒熙蒼白的手緊捏成拳。

「妳先跟著我來吧。」

徐翰烈像在下命令似的，說完立刻轉過身。白寒熙繃緊了肩膀，腳步猶豫著不敢跟上。直到楊秘書安慰她說在裡面等一下，白尚熙馬上就會來了，她才磨磨蹭蹭地邁開步伐。低垂的視線黏在地板上，一刻也沒有看向正前方。

徐翰烈隔著文件朝沙發座位瞄了一眼。白寒熙就像一開始進來那樣坐著，特地幫她買的熱可可她連碰都沒碰。那股甜味充斥在辦公室裡，徐翰烈感覺自己都快要吐了。她喜歡的口味和她哥哥不一樣嗎？一起拿給她的礦泉水也沒喝，就這樣過了兩個小時，這段期間連一次廁所也沒去。

白尚熙正在拍攝電視劇。由於是事前製作，進度並不算緊迫，但是拍攝的結束沒有一個大概的時間。怕影響到他工作，沒有特地通知他白寒熙來訪的消息。

徐翰烈於是吩咐楊秘書去調查一下關於白寒熙的事。神速交過來的文件中除了有簡略的個人資料外，還附註了白寒熙在國中三年級時自動退學的特殊事項。兄妹竟然雙雙輟學，兩人在這種奇怪的地方還真相像。

徐翰烈仔細地打量著白寒熙，他向來對白盈嬅的兩個女兒不感興趣，包含當初為了見見白尚熙而強行轉學去他學校，後來真的和他相遇、紛爭不斷的那個時期也是如此。特別的就只有白尚熙而已，至今為止徐翰烈從來沒有費心關注過父親的女人或是她的家人。

若不是白盈嬅和她子女們的關係很詭異，還有她拋棄的兒子剛好和自己年紀相仿的話，他應該也不會對白尚熙這麼感興趣。

現在跟以前不一樣了嗎？雖說中間還夾著一個白盈嬅，但嚴格來說，他們都是被她斷絕了關係的子女，因此對於徐翰烈來說，其實就跟外人沒什麼兩樣。在自己公司門前解救陷入困境的路人，可以說是一種類似位高責任重的善行吧。應該就此收手，當場就該把她送回家去才對，根本就沒有理由還把白寒熙帶進自己的辦公室，像個保母一樣看顧著她。

「……我是快死了嗎？」

淨做些不像我會做的事情。徐翰烈不過是自言自語地發了個牢騷，白寒熙就明顯地震了一下，似乎對徐翰烈很是在意。這也難怪，和陌生人一起被關在一個密閉的空間裡，還把她晾在一旁也不跟她說話，確實是不應該。

「喂！」

好不容易叫了她一聲，結果沒有任何反應。徐翰烈也不在意，繼續問她：

「妳知道我是誰嗎？」

沒有得到她的回應。所以到底是知道還是不知道啊？

還是都沒有人告訴過她這些事？在公司前遇見徐翰烈的當下，白寒熙也沒有認出他來，可能是因為她那時候年紀還小，所以哥哥姊姊才沒有告知她白盈嬅的去處吧。也許他們瞞著她是有不得已的理由，既然如此，似乎也不需要特別告訴她這些事。原本防備心就已經夠強了，要是講了也只會更加重她的敵意而已。

徐翰烈於是換了個問題。

「妳是怎麼知道這裡的？」

「……」

「是看到什麼新聞報導之類的嗎？」

「……」

「看妳這樣直接跑來，平常沒有在跟尚熙……不是，跟妳哥哥聯絡的嗎？」

「……」

「至少也該點個頭或搖搖頭啊。」

徐翰烈的耐心終於到達了極限。白寒熙大概是覺得受到了攻擊，肩膀再度震顫，只要稍微提高嗓門或走近一步，她就緊張得全身縮起。她有社交恐懼症嗎？徐翰烈倒是沒有特別聽說這件事。

努力地表達善意，卻像被打了一掌一樣地令人沮喪，想要再多說一句話都不容易。正當徐翰烈望著空白的牆壁消除這份鬱悶的時候，忽然傳來一陣咕嚕嚕的聲音。他沒有聽錯，因為白寒熙正捂著自己的肚子，身體都蜷縮了起來。但她再怎麼壓抑也無濟於事，空腹的蠕動聲變得更為響亮。白寒熙的臉、耳朵、脖子，所有皮膚全都羞得發紅。

「妳這樣害我像個壞人一樣耶。」

徐翰烈不滿地碎唸，一邊按下呼叫的按鍵。楊秘書不一會就進了辦公室。

「您找我嗎？」

「今天的午餐我想要早一點吃。」

「要怎麼幫您準備呢？」

「先問問看餐廳午餐準備好了沒，然後幫我帶兩個便當……」

徐翰烈吩咐到一半忽然看向白寒熙，她仍然低垂著頭，動也不敢動，看得徐翰烈脖子都痛了。

「……不，準備一個便當就好。」

「您是說只要一個嗎？」

徐翰烈點頭作為回答，楊秘書雖然眼中帶著疑惑，卻還是默默地答了是。直到楊秘書回來之前，徐翰烈和白寒熙沒有進行任何的對話。徐翰烈的下巴朝著沙發座位抬了一下，楊秘書便將帶來的便當打開，放在沙發前的桌子上。徐翰烈也在這時候整理好剛才在看的文件，從位子上起身。眼見情況跟她預想的有些不同，白寒熙的背部都僵住了。徐翰烈終於忍不住嘆了口氣。

「吃吧，我可不想聽妳哥抱怨說我讓小孩子挨餓。」

他又補上了一句，「接下來的一小時不會有人進來的。」說完便離開了辦公室。兩名正在辦公的秘書見他出來，一臉困惑地站了起來。

「在我回來之前不要讓任何人進來。」

「您是、要去哪裡嗎？」

楊秘書看了一眼關上的門扉，怔愣地問道。

「差不多到午餐時間了，該去吃飯了啊。」

徐翰烈回答得像是對方問了一個極其理所當然的問題。楊秘書和常駐秘書聽完互相交換了一個意外的眼神。徐翰烈把那兩人拋在身後，離開了秘書室，楊秘書連忙尾隨他出來。

這是徐翰烈第一次來到公司餐廳。他突襲似的登場讓正在用餐的職員們一齊驚訝得眨著眼，正把飯塞進嘴裡的也匆匆忙忙地起身朝他鞠躬。徐翰烈略微點頭回應，隨後拿起了餐盤。餐廳裡的氣氛亂成了一團，就連向外偷覷的廚房職員們也無法掩飾他們的疑惑。當徐翰烈親自挾取完食物找了個位子坐下時，餐廳主廚還特地過來跟他打招呼。

「你們是第一次看到別人吃飯嗎？」

在湯裡翻攪的徐翰烈終於表露出他的不悅，不只是主廚，餐廳裡的所有人都尷尬地溜轉著眼珠。

「去忙您的事吧，不打擾了。」

他不耐煩地朝廚房方向撇了下頭，主廚只好說了「那您請慢用」，便慌忙地退開。其他的職員們也識相地開始收拾吃完的餐盤。在所有人都離開了之後，餐廳裡只剩徐翰烈和楊秘書兩個人。

這份平靜並沒有維持多久，他們用餐的期間，正式來到了午休的吃飯時間。職員們一個又一個聚集在一起，在發現了徐翰烈之後，立刻出現了與方才類似的光景。徐翰烈神情疲倦地和他們打招呼，同時非常緩慢地動著筷子。已經習慣了一個人吃飯，他本來吃飯速度就不快，今天更是格外地緩慢。等到他放下筷子站起來時，距離他下樓已經過了一個小時。

他回到辦公室，便當已經收拾得乾乾淨淨，之前給白寒熙買的那杯冷掉的可可似乎也全喝完了。徐翰烈沒有特別多說什麼，直接走向了辦公桌，正要坐下時忽然間想起了什麼。他從抽屜裡拿出一台平板電腦放在白寒熙的面前。白皙的指尖在螢幕上點了一下，瞬間出現一幅色彩線條相當複雜的圖案。徐翰烈接著在螢幕上到處觸碰，那幅圖案便碎成了數百個碎片。這是個拼圖遊戲。他見白寒熙露出了雙眼直盯著畫面的模樣，才重新回到座位上。

他繼續處理著積壓的工作，餘光瞥到白寒熙上身專注地悄悄向前傾斜。他沒有做出反應，唰唰地翻著文件。不知從何時起，白寒熙似乎忘記了徐翰烈的存在，在沉默之中流動的一分一秒已不再讓人無法呼吸。

白尚熙的行程推遲得比原訂時間還晚，由於設備出了點問題，說拍攝工作可能要到深夜才能結束。向白寒熙解釋了情況後，決定先送她回家。她還是沒辦法抬頭看著別人，更別說是與人交談，讓她自己一個坐計程車回去的話實在是令人放心不下。話雖這麼說，徐翰烈其實也不必這樣還親自陪她回去。

他們倆並排坐在後座，各自看向另一邊的窗外。儘管此刻能看見的只有成排的車輛。

「我可以……」

當時車子正駛過首爾和京畿道的邊界。耳邊傳來一道陌生的聲音，徐翰烈糊里糊塗地轉向一旁。

「什麼？」

「我可以問你一件事嗎？」

白寒熙不知何時變成低頭看著自己的手，很猶豫地絞著擱在膝蓋上的雙手。徐翰烈刻意把臉轉向正前方，「要問什麼？」語氣十分稀鬆平常。從後照鏡注意著後座情況的楊秘書也把目光投向了遙遠的窗外。即使如此，白寒熙還是猶豫遲疑了許久才把她的問題問出口。

「真的是我哥的錯嗎？」

徐翰烈的眉心詭異地皺起，目光再次投在了白寒熙身上。

「妳在說什麼？」

「和尹羅元打架的那件事。」

徐翰烈不由得呵了一聲。還以為是什麼事，居然把三年前的舊事拿出來講。又不是什麼阿貓阿狗，明明是白尚熙自己的家人，好歹是他最親近的人，卻都還咬著這件事情不放是想怎樣啊。

「妳長到這個年紀了，應該知道雙方暴力糾紛是什麼不是嗎，妳不懂雙方的意思嗎？」

「但是大家都說是我哥的錯啊，同學們也都說哥哥很壞，說他如果沒做錯事幹嘛要逃到軍隊裡去……」

「妳相信他們說的那種話？」

「……不相信，我連哥哥會和別人打架這件事都覺得不敢相信了。」

考慮到他那種淡漠的個性，的確她會這樣想也不是沒有道理。以前白尚熙也是屢屢對徐翰烈挑起的事端視若無睹，甚至過了十年後的現在也依然如此。就算當面侮辱嘲諷他，他也能不當一回事。這樣的他是為何會無法輕易放過尹羅元，對徐翰烈來說也是一個疑問。

「他們倆是真的打架了，有不少目擊者，監視器還有拍到畫面咧。但是呢，」

徐翰烈語帶保留地說道：

「沒有人知道他們為什麼打架。我不知道，他們的律師也不知道，連判決的法官都不知道了，更別提那些興奮敲打著鍵盤的記者，他們更是一無所知。至於妳身邊的那些人？那就更不值得一提了。記者呢，只會亂寫一通，其他那些人是連個屁都不懂就在那邊胡說八道。這樣妳明白了嗎？」

滔滔不絕的一席話竟讓白寒熙轉頭呆呆地看向徐翰烈，不知道是不是被嚇壞了，她似乎沒有意識到自己正直盯著徐翰烈瞧。

「不管真相是什麼，人們都只相信自己願意相信的，妳也是這樣子做就可以了。」

「……」

白寒熙沒有再說話，看向徐翰烈的視線也回到了自己的膝蓋上。她是失望了嗎？不知道她想聽的是怎樣的回答，但徐翰烈也沒有什麼好再說的。

車子很快就抵達了白寒熙家附近。昏暗的集合住宅前有個正在來回踱步的人影，正探頭探腦地注視著駛近的車輛。大概就是白言熙吧。看到白寒熙怕挨罵而垂得更低的頭，應該沒錯了。白寒熙像個沒寫功課就跑出去玩的孩子一樣，拖拖拉拉地下了車。白言熙不悅地看著她，突然發火。

「妳實在是！要去哪裡也不說一聲！妳知道我有多擔心嗎？」

「我要是說了妳一定不會讓我去的啊。」

「那是因為妳現在還不太能自己一個人出門……」

「妳不是討厭我提到關於哥哥的事嘛。」

「……」

白言熙像是被說中了什麼，頓時停下向白寒熙追問不休的話語。她默默地深吸一口氣，手掌從額頭撫了上去。

這又是個怎麼樣的情景啊。徐翰烈並不知道過去十年間這兩個人是怎麼過的，連個監護人都沒有，兩名未成年少女相依為命，他只能猜測她們應該是過著很窮困的生活。聽說就連白尚熙都不太常回家，推測兄妹之間的關係大概不太好。是因為三個人的爸爸都是不同人的關係嗎？這也不一定。徐翰烈突然在這時想到父親要是和別的女人生了個孩子帶回來不知道會怎樣，反正八成不會像他對徐朱媛那麼有感情吧。是類似徐宗烈這種感覺嗎？單憑想像果然還是無法輕易揣摩理解。

不管如何，看來兩個妹妹對白尚熙的態度截然不同。完全不想提到白尚熙的白言熙，跟為了見哥哥一面貿然找上門的白寒熙。兩人的差異是源自於何處呢？

正在思考時，白言熙往徐翰烈這邊看了過來，彷彿現在才意識到他的存在。然而那完全不是對待照顧了自己妹妹的人該有的眼神，而是帶著顯而易見的警戒，或者反感。徐翰烈不解地抬起一側眉毛。白言熙依然在瞪他，一邊推著白寒熙的身子。

「總之妳先進去。」

白寒熙沒有違抗自己姊姊的命令，她微微地朝徐翰烈點了下頭，不仔細看的話幾乎看不出來，行了禮之後便回到家裡去了。徐翰烈定定地注視著她的模樣，後來才被那道刺人的目光瞪得收回了視線。毫不掩飾敵意的白言熙立即拿出了幾張鈔票。

「我妹妹給你們添麻煩了。」

徐翰烈怔怔地低頭看著遞到他面前的鈔票，一臉猶如撞見什麼怪東西的神情。

「……這是，什麼情形？」

「我知道你是誰。」

對方接下來的回答讓徐翰烈歪了頭，嘴角掛著一抹淡薄的冷笑。

「我媽現在正住在你家，還有你解救了我哥的事情，我也全都知道。」

「是喔？不過那跟妳現在用這種態度對我有什麼關係？」

「我們這種關係不是最好不要碰到面嗎？我不知道你跟哥哥是不是有另外說好，但那個人和我們是分開來的。不要因為和他的關係有了一點改變就用這種若無其事的態度對待我們。今天的事也是，假如你是因為那種模稜兩可的罪惡感或同情心而大發慈悲的話……坦白說我是沒辦法跟你道謝的。」

徐翰烈聽了直接冷笑出聲。

「說著如此可笑的話，竟然還這麼理直氣壯的啊？」

充滿嘲諷的嘀咕讓白言熙瞬間僵了臉。徐翰烈越想越覺得她實在是不可理喻，頻頻發出嗤笑。

「妳好像徹底搞錯了什麼，我為什麼要因為妳媽和我爸兩個人看對眼好上了的事而感到罪惡感啊？更何況是我公司裡的職員有身心狀態不穩定的家屬找上門耶，難道直接把人趕走這樣才是正常？」

「你說誰身心狀態不穩定……」

「我一點都不想和妳這種人接觸，妳知道為什麼嗎？一身的窮酸味，卻還在顧著那連狗都不能當飯吃的自尊心。別人稍微對妳好一點妳就鄙視人家，忿忿不平地不准別人同情妳是不是？這樣子做會讓妳看起來比較高尚嗎？」

「喂！」

「別人的好意接受就是了，妳一直以來不也是一邊壓榨著妳哥才能好好活到現在？」

「不知道的事情不要隨便亂說！」

「我知道白尚熙忙著打工所以都不能好好來學校上課，也知道妳媽媽一次也沒盡到家長和監護人的責任。當初還那麼小，連一塊錢都沒辦法賺的妳們，到底是靠什麼活到現在的呢？這個國家福利難道有這麼好嗎？這種稍微用膝蓋想一下就知道的事情，我會不知道？」

「……」

「妳高中有順利畢業吧？聽說還上了大學？妳認為這完全是因為妳很了不起、妳比其他人更努力的成果嗎？」

「誰想要他那種幫助？我根本就不想接受好嗎！那麼骯髒的錢……」

「妳收下了不是嘛。」

徐翰烈斷然截去了她的句尾，原本還想說些什麼的白言熙咬住了嘴唇。

「……現在開始會慢慢還給他的。」

「那妳的姿態就該放低，而不是這樣自命清高，哪有債務人面對債主這麼盛氣凌人的？真不要臉。」

接續的斥責讓白言熙漲紅了臉。「骯髒……妳說骯髒是嗎？」徐翰烈還在繼續咀嚼著白言熙剛才說的話。

「明知是髒水，當初還不是吸食得很開心，都吃乾抹淨了以後才來嫌髒？在爛泥之中長大的樹木能有多高尚？這真是我聽過最經典的屁話了。」

才罵了她一句她就背過身去了。徐翰烈覺得一點都不痛快。

他重新回到車上，直到車子都已經駛離了這個社區，激盪的情緒還是沒有要平復的意思。是因為自己難得的善意被拒絕的關係？不對，他反而更受不了那種令人聽了渾身不對勁的言論。不然，是因為白言熙對白尚熙的那種態度？正如白言熙所說的，這件事和徐翰烈本人無關。自己憑什麼替白尚熙感到生氣，還袒護著他。他也知道所謂骯髒的錢是怎麼來的，徐翰烈自己就在不久前也曾拿這件事對白尚熙冷嘲熱諷。自己可以但別人卻不行，有這麼自相矛盾的嗎？真好笑。

徐翰烈必須承認，無論是過去還是現在，只要是和白尚熙有關的事，就沒有任何邏輯道理可言，他完全沒有多餘的心力去考慮那些額外的東西。

✳

一個翻身，徐翰烈突然張開眼睛。沒有做什麼惡夢，他卻不由自主地驚醒。心臟毫不意外正跳得噗通作響，這是常有的現象，既非發作，也不是什麼嚴重的特殊情形。就像在打嗝一樣，脈搏偶爾會不正常地快速跳動而已。每當身體感到疲勞或壓力特別大的時候，這種症狀會更為頻繁。

徐翰烈轉向正面躺好，等待著他的脈搏平靜下來。靜悄悄地吸氣吐氣，那令人不愉快的心悸漸漸和緩。等到不再意識到心臟的存在，他直起上身坐了起來，用桌上備好的礦泉水潤一下乾燥的喉嚨。像這樣忽然醒來之後，通常都很難再次入睡。

現在才凌晨一點二十幾分，徐翰烈懷疑自己能否再次闔眼。沒有什麼比睡不著還要硬睡這件事更加痛苦的了。由於目前正在服用藥物，他也沒辦法仰賴安眠藥。

徐翰烈最後拿起了平板電腦，雖然連上了網路，畢竟時間已晚，網路上也是一片沉寂。

『真的是我哥的錯嗎？』

徐翰烈隨意滑動瀏覽了一下頁面，隨後在搜尋欄裡打了「池建梧」和「尹羅元」，按下搜尋。

出現在最上方的是最近兩人和解的新聞，而下面一整串全是三年前那起事件的報導。報導內容幾乎都大同小異，彷彿互相抄襲。沒有哪個記者能寫清楚究竟打架的起因為何，就只是借用工作人員的話，強調兩人平常關係就不太好。

依白尚熙的為人，他不會去回應故意找上門的爭執，像驅趕蟲子一樣把嘈雜煩人的對象給趕走還比較有可能。就算平常累積了再多的不滿，只因為這樣就把對方揍得血肉模糊？那個白尚熙會這麼做？無法輕易想像出那個畫面。到底尹羅元的什麼讓他做出了不像他會有的舉動？徐翰烈自問了好幾次仍是思索不出答案。

徐翰烈在選定尹羅元作為廣告代言人，和他見面那時，曾經向他試探過和白尚熙發生的那件事情。尹羅元打馬虎眼地聲稱那只是因為兩個人都喝醉了才不小心導致這一樁「意外」。但尹羅元並非一個胸懷雅量的人，沒道理會去包庇一個把他的臉揍得鼻青臉腫的對象。這似乎意謂著當時爭執的起因很有可能就是由他本人所引發的。

在徐翰烈反覆思量之際，突然響起了一陣震動聲。他迷迷糊糊地看向放在枕頭旁的手機。他沒聽錯，真的是有人打給他。

更令人意外的是，竟然是姜室長打來的電話。徐翰烈和他並不是私底下會聯絡的關係，對方也不會沒事在這麼晚的時間還打電話來。聽說因為現場的一些情況，拍攝進度受到了延遲，會不會是有什麼相關事項要報告？還是發生了什麼緊急的事情也說不定？譬如受傷之類的。徐翰烈毫不猶豫地按下了通話鍵。

「姜室長？這麼晚了有什麼……」

「是我。」

匆忙地接起電話，一道平穩的嗓音傳來，是白尚熙。徐翰烈剎那間不知該回什麼。

「還沒睡？」

「……睡到一半剛好醒來，有什麼事？都這麼晚了。」

「姜室長跟我說了寒熙跑來找我的事情。」

徐翰烈不禁呼了一口氣，看來是自己白擔心了。緊繃的肩膀鬆懈下來，他將頭髮一把向後撫去。

「我還以為是什麼事咧。你的手機是怎麼了，怎麼會用室長的手機打來？」

「我手機沒有你的號碼。」

是嗎？想想確實沒有告訴過他自己手機號碼的印象。通常都是透過楊秘書在跟他聯絡，有需要的時候就叫他過來，或是自己直接跑去找他。徐翰烈至今和其他對象也一直是用這種方式聯絡，不覺得有什麼太大的不便，因此他自己也沒有特別在意。

徐翰烈放鬆了背部靠在床頭。

「怕害你無法專心工作，所以那時候沒有跟你說。聽說你的拍攝會到很晚，我就親自把她送回去了。你既然是去工作的，就不該為了其他的事分心。」

「做得好。」

該說很平淡嗎，白尚熙的回答沉著而冷靜。徐翰烈側耳等待著他的下一句話，然而白尚熙卻就這麼沉默無言著。雖然不用講也知道，但一般不是至少該說句道謝的話，或詢問一下妹妹為什麼跑來嗎？

徐翰烈只有間或聽到手機那頭傳來工作人員問候的聲響。難以分辨那緊貼在耳邊綿延不絕的，究竟是白尚熙的呼吸，還是外頭的風聲。兩人之間的對話僅中斷了幾秒，徐翰烈卻覺得這段空白出奇的漫長。也許是因為在這種深夜時分，沒有透過其他人，直接與對方通電話這件事令他感到特別不自在。

「你要回去睡覺了嗎？」

又隔了一陣子，白尚熙的聲音再次傳來。周圍一片雜亂，照理說應該會被鬧哄哄的聲音給掩蓋，但是他那聲低沉的詢問卻清晰地傳進徐翰烈的耳裡。雖然是個疑問句，聽起來竟帶著一種勸誘的語氣。這一定自己的錯覺。

「不然咧？」

「你要是不會太累的話，想說稍微見個面。」

徐翰烈沒有追問他說：在這麼晚的時間？」畢竟對方肯定也知道現在已經是三更半夜。他會如此邀約的意圖為何十分明顯。明明不久前才看到自己做愛後身體不適的樣子，這麼快又想要了嗎？實在是有夠無情。確認著明天早上的工作日程，徐翰烈正欲拒絕，等不及他回覆的白尚熙率先接著問道：

「要不要去吃點什麼？」

「現在這個時候？」

在心中忍耐半天的疑問終於蹦了出來。白尚熙的反應似是沒什麼大不了。

「幹嘛那麼驚訝，一副沒吃過宵夜的樣子。」

「睡覺的時間還吃什麼東西啊。」

「你是說真的還假的？」

白尚熙的反問遲了一拍，這句同樣也是徐翰烈的疑問。這時，手機那頭傳來姜室長「你幹嘛用我電話」的聲音，徐翰烈小小地嘆了口氣。

「所以咧，約在你的公寓嗎？」

「直接約在外面不方便嗎？」

要逼半夜醒來的徐翰烈吃東西已經夠誇張了，甚至還突然說要外出。就算再怎樣睡不著也沒必要參與那麼麻煩的活動，被他這樣一搞，明天一整天肯定完蛋的。即便如此，徐翰烈自暴自棄地掀開被子下了床。

「……要去哪裡？」

✳

白尚熙在公寓的停車場送走姜室長之後稍微等待了一會，不久便聽到厚重的引擎聲，一台帕加尼開了進來。見外觀跟徐翰烈先前的座車明顯不同，白尚熙毫不留戀地收回視線，看了一下手錶。帕加尼在這時緩緩駛過來，停在白尚熙面前。他彎身朝車內探看，徐翰烈就坐在駕駛座上。

白尚熙一臉無話可說地看向他，徐翰烈使著眼色要他快點上車。白尚熙一邊搖頭一邊進了副駕駛座。徐翰烈身穿白色T恤，外面套了一件黑色連帽衫。難得沒有做造型的頭髮上，棒球帽壓得低低的。他用不情不願的語氣問著「要去哪裡」，臉蛋看起來顯得分外稚嫩，簡直像高中時期的他跑來坐在自己身旁。白尚熙覷了他半天，噗地笑了出來。徐翰烈忍不住皺了一下眉頭。

「你笑什麼？」

「……沒什麼，出發吧。」

白尚熙仍舊一邊竊笑著，同時把他的手機連接到手機座上。徐翰烈雖然臉上表情相當不滿，卻還是默默地開著車。車子行駛在空蕩蕩的道路上，迅速地離開了首爾。路標上開始出現一些眼熟的地名，最終駛過兩人一起就讀的高中附近。「到底在哪裡啊？」徐翰烈一邊嘀咕，不停瞥著白尚熙的手機。白尚熙只是一語不發地盯著他看。

手機上的導航程式表示已到達目的地，結束了導航。徐翰烈偏偏不信，一直交替比對著畫面上的那一點和窗外實際的景象。白尚熙對充滿懷疑的他說了聲「下車」，然後解開安全帶。看來還真的沒有找錯地方。

餐館的停車場裡清一色的計程車和砂石車，本來就很顯眼的帕加尼更加突兀地停駐在其間。吃完飯出來抽菸的司機們不時投來莫名的目光。不管是旁人的矚目，還是這簡陋的餐館，這一切都讓徐翰烈感到不滿。他還在臭著臉環顧四周，白尚熙人已經先走了進去。徐翰烈只好勉為其難地跟上。

儘管都已經凌晨三點了，餐館裡竟沒剩多少空位。司機們僅稍稍打量了下一前一後入內的兩人，很快地便不再多加關注。

兩人面對面地在一張小桌子前坐下，店家立刻端來小菜。似乎是不用另外點餐，兩個正在滾滾沸騰的小湯鍋不一會便上了桌。牛奶般乳白的熱湯裡依稀可以看見幾塊血腸。負責上菜的服務生一句話也沒說，把需要的東西一一放在桌上之後人便消失了。白尚熙也像是頗習慣於這種氛圍，沒特別多說什麼，只在紙杯裡倒好了水放在徐翰烈面前，隨後拿起湯匙喝了一口血腸湯。

「大老遠特地跑來這裡就是為了吃這個嗎？」

「除了這裡沒有別的地方可以去了不是嘛，大半夜的。」

「所以說啊，幹嘛硬要在這種時間吃什麼東西啦。」

白尚熙無視於徐翰烈的抱怨，對他說了一句「趁熱吃」。然而徐翰烈一開始就遇到了難關，他握著湯匙，茫然地望著熱滾滾的湯鍋，不知該如何下手。已經把飯都倒進去舀著泡飯吃的白尚熙驚訝地問他：

「不會吧，你是第一次吃嗎？」

他沒有聽見回答，不過徐翰烈的表情已經充分地說明了一切。白尚熙不可思議地盯著他看了一會，垂下的視線再度落在自己的湯鍋裡。

「多少還是吃一點比較好，等下還要接吻呢。」

「……什麼？」

即使聽得一清二楚，對方過於淡漠的語調還是讓徐翰烈誤以為自己聽錯。白尚熙對愣神的徐翰烈置之不理，繼續吃著自己的那份血腸湯。不知該說什麼的徐翰烈對著食物發呆，白尚熙於是拿起擺在桌上的調味料罐遞給他。

「真的不敢吃的話，加一點這個試試看。」

徐翰烈嫌棄地盯著那共用的調味料罐，盤算著一天之內不曉得有多少人用過這張桌子。店裡這麼忙碌，真的有徹底做好衛生管理嗎？徐翰烈心中不禁浮現出這些疑慮。不滿的目光朝向白尚熙看去，隨即再次移至自己面前逐漸冷卻的湯鍋。這種東西真的會好吃嗎？徐翰烈抱持著懷疑的態度，小心翼翼地舀起一口湯，花了一點時間才把它送至嘴邊。他像在吞苦藥似地把湯匙塞進嘴裡，湯汁濃郁鮮美的味道在口中蔓延開來。

徐翰烈傻傻低頭看著那鍋湯，又悄悄舀了一口。這不是錯覺。這個湯喝起來沒有他害怕的那種味道，也不覺得油膩，反而顯得清淡爽口。當徐翰烈再次舀起一匙，恰好和白尚熙對上了眼。他不自然地避開視線，放下了湯匙。

「滿厲害的嘛。明明長得這麼不起眼……」

「就像有些人外表長得漂漂亮亮，脾氣卻是臭到不行啊，有什麼好奇怪的。」

白尚熙不以為然地應道。儘管對方不是對著自己指名道姓，徐翰烈聽起來卻感覺莫名地刺耳。白尚熙彷彿在告訴他那只是個錯覺，再度催促他說「吃吧」，下巴朝著徐翰烈沒有減少的湯鍋指了一下。

徐翰烈翻攪著湯裡的血腸，瞅了白尚熙一眼。

「你不用去看一下你妹妹嗎？我還以為你一收工就會直接趕過去。」

白尚熙的手停頓了那麼一瞬。

「現在不行。」

「那以後就可以嗎？」

白尚熙沒有回答，只是默默地繼續吃著飯。徐翰烈也沒有再繼續追問，暗自琢磨了一下「現在」這個字眼所代表的涵義。沒過多久，白尚熙的血腸湯已經被他吃得鍋底朝天。他安靜地放下湯匙，用面紙大力擦完了嘴，突然開口解釋起徐翰烈根本也沒問過他的事情。

「她現在在精神科接受診療，已經三年了。」

被白尚熙省略掉的那個名字好像是白寒熙，雖然不是很確定，感覺上應該是如此。徐翰烈看了也覺得白寒熙那樣的狀態很不尋常，但是這為何是白尚熙不能現在就去看她的理由呢？徐翰烈再怎麼想，一時也想不出答案，而白尚熙並沒有讓他疑惑太久。

「她會變成這樣，都是因為我。」

徐翰烈不禁凝眉。白尚熙說的話沒有什麼艱深難懂的字眼，他卻無法一下子完全理解。

「我其實也沒為她做過什麼，但她從小就很黏我，我出道的時候她比誰都開心。隨著我後來接演了不少戲，曝光率開始變高，我覺得她大概是想炫耀吧，好像到處跟她身旁的人宣傳說我是她哥哥。結果後來我發生和尹羅元的那件事，她因此受到別人的欺負。」

這是完全可以想見的情況。當時不管是社會輿論或新聞媒體都把白尚熙當作加害者。單看報導內容的話，白尚熙就是一個酒後失控揮拳把同事的臉給揍扁的大混帳。連大人們都無法分辨的這些是非紛爭，更別說是孩子們了。而且對方還是個受到白寒熙同齡族群大力支持的偶像演員，想必她去學校上課的每一天，應該都像身處地獄般的煎熬吧。或許也是因為這個緣故，她才會在中途放棄了學業。

徐翰烈至此總算明白白寒熙為何會冒出那個莫名其妙的問題，對於白言熙抱持著反感的原因好像也稍微能夠理解。不過他還是無法接受就是了。

「那個怎麼會是因為你的關係？」

徐翰烈馬上斬釘截鐵地反駁。白尚熙先是愣了幾秒，隨即臉上綻出濃濃的笑意。對方明明不是在嘲諷自己，徐翰烈卻覺心情微妙，彷彿受到了一番刻意的捉弄。他皺著眉問「笑什麼」，白尚熙卻不予解釋，只是用令人看不懂的表情一個勁地竊笑著。

「我看我還是告訴你吧？當時打架的理由。」

「不用了，你不要告訴我。」

「你不是滿好奇的嗎？」

「要是真那麼想知道我早就去調查了。像個神經病一樣被媒體利用、被輿論攻擊，甚至被妹妹們怨恨，你卻還是死不肯開口，那一定是有什麼特殊的理由嘛。雖然不用想也知道肯定不是什麼天大的事情。」

白尚熙專心凝視著正在嘀嘀咕咕說個不停的徐翰烈。

也許是因為方才開懷的笑容，他傳遞過來的眼神裡暖意十足，那種從容有餘的態度讓徐翰烈心生不悅：「你到底是怎樣啦？」

「要不要喝一杯？」

白尚熙也不正面回答，轉移了話題。這是一個很普通的提議。然而徐翰烈默不作聲地直視著他。雖然兩人有一起喝過幾次紅酒，但他還沒有主動邀徐翰烈對酌過，也不曾和徐翰烈談過私事或是吐露心聲。今天的他確實跟平常不太一樣。

徐翰烈的眼神緩緩在白尚熙身上打轉，想看出他的心思來。但很快地，他的視線被迫垂落在自己的湯鍋裡。對面投來那道黏糊糊、莫名柔和的眸光實在是令他彆扭萬分。

「我不是開車來的嘛，你這麼快就忘了？」

「那不然代理駕駛是在幹嘛的？」

「不喝，今天就先挑戰吃宵夜這一項就夠了。」

「那我要喝一點。」

白尚熙硬要向他徵求同意，接著加點了一碗血腸湯和燒酒，在等待著那些東西上桌之前明目張膽地盯著徐翰烈看。將無辜的血腸翻來又翻去，徐翰烈被對方看到受不了，終於表示他的不滿。

「我說你啊，就沒有其他人可以找了嗎？這種地方你也可以和姜室長一起來啊。」

「有家室的人當然要讓他趕快回去啊，都已經過了十二點了。」

「裝什麼體貼有禮。」

「怎麼，難得的約會結果不怎麼樣，讓你大失所望？」

「這哪是什麼約……！」

徐翰烈怒吼到一半自己嗆到，連忙用手背摀住嘴，但還是難以抑制接連的咳嗽聲。一直在看著他的白尚熙抽了張面紙遞過去，他不爽地一把搶過來擦嘴。恰好在這時，加點的東西送了過來。白尚熙往杯子裡倒酒，一邊開始娓娓道：

「我小的時候常來這裡，因為來這邊可以看到很多在努力過日子的人們。無論是深夜還是凌晨，或通宵之後的一大早過來，這裡總是像現在一樣熱鬧。大家在其他人回家的時間、休息的時間、還在睡覺的時間就出門工作，迅速吃了這一碗就趕緊起身上路。店家不時擦拭著客人來來去去的桌子，永不停歇地烹煮著能夠填飽肚子的食物。明明這裡也沒有人會親切和藹地跟我說話之類，但很奇妙，光是這樣坐在這裡，就有種得到慰藉的感覺。在學校裡總覺得只有自己一個跟大家格格不入，但是混在這群人之中時，彷彿自己在做的事就變得不那麼辛苦了。」

白尚熙若無其事地述說著過去很久以前的心事。徐翰烈停下了手上的動作，一邊傾聽，眉毛不自覺地揪在了一起。真是令人無言，就因為見到別人每天也都咬牙苦撐過日子，所以自己的辛苦就不算是辛苦了？根本打從出發點就是錯的。他當時見到的那些人可都是成年人，因為是大人了，他們只是順應著人生，在為各自的生活擔負責任罷了。然而白尚熙沒有扛責任的必要啊，妹妹們的出生又不是出自於他的選擇。

無來由感到氣憤的徐翰烈捏緊了湯匙。白尚熙似是渾然不覺，手上擺弄著已經空了的酒杯，再次開口：「但是我以前從來都沒想過要帶人來這裡。」

徐翰烈驀地抬眼，目光準確無誤地與對方交會。

「今天卻突然想到要帶你過來看看。」

徐翰烈不知道自己該不該曲解這句話的含意。不曉得。他只是忽然有種難以忍受的窒息感，胸口緊揪得他不舒服，眉頭自動皺起。

白尚熙再次斟滿酒杯又乾了它，朝徐翰烈的湯鍋看了過去。徐翰烈已經沒有在吃了，要是任由它完全冷卻，到時免不了淪落被倒掉的命運。白尚熙於是把他那鍋新的血腸湯和徐翰烈的交換。看著他動作的徐翰烈臉龐皺得更厲害了。

「都冷掉的東西就扔著別吃了。」

「要扔掉很容易吧？不管是食物，還是人。」

「明明只要給點吃的就對誰都能隨便搖尾巴，幹嘛講得一副好像你很受傷的樣子。」

「有些事是無論經歷過多少次都還是無法習慣的。」

白尚熙態度極為尋常地應道，說著又倒了一杯燒酒。對於他難得吐出的內心話，徐翰烈一方面感到激動的同時，一方面心情變得複雜了起來。都已經是過去的事情了，當事人都能淡然處之地接受，為什麼自己會感到如此氣憤難平？徐翰烈把擺在自己面前的湯鍋推回去給他。

「不要遷就我而做出會讓你自己吃虧的事，我不想看見你那副德性。」

聞言，白尚熙揚眉，彷彿聽見了什麼難以置信的話語。用不情願的表情看著他的徐翰烈開始吃起自己那碗不冷不熱的血腸湯，像是怕一放下湯匙，白尚熙就會把他那碗湯給拿走似的，漸漸吃到一點不剩。白尚熙感到意外地看著他這番舉動，遂抬起手在自己額頭上猛力搓揉了幾把。要是不這麼做，他實在憋不住那抹發自內心深處的笑容。

吃完宵夜出來時，凜冽的寒意減退了許多。可能是熱湯下肚溫暖了身體的緣故。

是否因為剛才已經講了很多的話，兩人在回程的車上沒有再進行什麼對話交流。白尚熙像是有了些許醉意，放鬆地靠在座位上，一路上從頭到尾專注地看著徐翰烈，像是一點都不感到害臊。徐翰烈即使有意識到，雙眼仍直視著前方，兩隻手乖乖地握著方向盤沒有離開過。

不多時，車子在紅色信號燈的指示下停了下來。徐翰烈依然繼續看著正前方。白尚熙這時倏然伸手，啪地掀起棒球帽的帽沿，把壓在下面的頭髮輕搔似地隨意撥亂。徐翰烈臉上浮現重重的困惑，呆了一下才望向他。

「我剛剛有說過我要吻你吧？」

這聲低喃聽起來如夢似幻，毫無現實感。

白尚熙緩緩伏過身來，唇瓣溫柔地落在徐翰烈的唇上。他輕撫著徐翰烈抓住了方向盤的手指，小心翼翼地含住了對接的嘴唇。徐翰烈正要呼出的氣體被他捲進嘴裡，肩膀不由自主地聳立了起來。

就在這一刻，等待已久的左轉燈亮起。儘管不捨，白尚熙還是在徐翰烈的上唇淺吮一口之後便放開了他，像是什麼事都沒發生過地退開上半身。覆在徐翰烈手背上的手掌也跟著抽了回去。

徐翰烈瞪著白尚熙，並沒有立即踩下油門。「不走嗎？」白尚熙佯裝一臉的無辜。

每次都這樣撩撥完了之後又氣人地一走了之。靜靜屏住呼吸的徐翰烈猛然扯住了白尚熙衣領，硬是把他往自己的方向拽過來，吻上了他的嘴。徐翰烈像是在發火，粗暴的動作帶著攻擊性。一逮到白尚熙的嘴唇、下巴、舌頭，他就恣意地亂啃亂咬。白尚熙雖然吃疼地皺眉，嘴角卻持續揚起了弧度。他動作飛快地打開了車子的警示燈。

幾台直行的車輛咻地從一旁駛過。一直停留在原地的帕加尼在紅綠燈又變換了四次之後才離開了那裡。

✳

白尚熙參與了《引力》的消息是在各媒體公司收到製作發表會的日程之後才公佈出來的。其實在那之前，就已經有內部與外部人士流傳著在《引力》的拍攝現場見過池建梧的謠言。然而由於製作公司和 SSIN 娛樂均矢口否認，表示「這是空穴來風的傳言」或是「基於合約內容無法確認」，因此此一消息一直處於未經證實的階段。在網路上流傳已久的小道消息這一次終於獲得官方的證實。

相關報導出現之後反應十分熱烈。有許多人憤怒地認為這是選角結果始終不肯公開的理由，覺得是被製作團隊欺騙了。SSIN 娛樂公司施加外部壓力，更換原有人選的陰謀論說法也因此得到了認同。在「刻意隱瞞選角」這樣的說法之下，白尚熙成了一個沒有實力卻搶了人家飯碗的壞蛋，申宇才導演則是成了一名利慾薰心的假大師。而印雅羅，竟與污染了電影圈的這夥人同流合污。以此為由的群眾們毫不掩飾對她的失望。這一切完全按照著預想中的情節在發展。

辦公室裡洽詢的電話鈴聲絡繹不絕。所有的職員都遵照事前指示過的，機械性地回覆說報導內容確實屬實，更多細節將會在製作發表會時再做公佈。即便是早有準備的事情，卻也沒有其他更好的應對方式。

暴力事件在白尚熙給人的負面印象當中仍佔據了相當大的比例。在尹羅元幾個月前的採訪當中分明公開說明了事件當事人之間已達成法律上的協議，也在私底下的場合化解了積怨，然而並未引起太大的反響。與兩人的和解與否無關，「池建梧是一名會使用暴力的演員」，此一形象似乎已經深植在人們的腦海裡。這也是無可奈何的事。

製作發表會便在這樣的爭議當中展開。偌大的會場裡人山人海，幾乎是座無虛席。光是作為印雅羅的復出之作就已經倍受關注了，突然又丟出了一顆池建梧這樣的震撼彈。以申宇才導演為首，主要演員們甫一登場，快門聲便爭先恐後地響起，如同受到砲火集中攻擊。

氣氛從一開始就處於過度熱絡的狀態。相似的問題在只有變換著用詞和回答人的情況下，一次又一次地出現。為了緩和現場緊繃的氛圍，製作團隊和記者群不時在中途穿插一些輕鬆的玩笑互動，但那些敏銳的眼神仍在蠢蠢伺機而動。期間，一名記者猛然舉起了手，主持人允許了他的提問。

「請問一下導演，聽說當時好幾位人選在角逐『俊英』這個角色，我想知道您特別選中了池建梧先生的原因。」

記者雖然儘量委婉的表達，但這題目等於是在問說「坊間流傳的謠言是否屬實」。就算不是這名記者發問，也總會有其他人提起這個問題。所有人的目光都看向了申導演。他的神色沒有一絲改變，淡然地答覆：

「我的答案就在電影裡。」

對於後來繼續出現類似的提問，申導演也都表示「請大家看看這部電影就會知道答案」。

然而，製作發表會結束後的結果與他充滿自信的預期不符，輿論並無翻轉。似乎對電影懷抱越大的期望，那股遭受愚弄的怒火也就燒得越旺。就連對印雅羅引頸翹望的粉絲們也分成了兩派，一派覺得她是被當成了人質，會為了她忍耐著看完這部電影，另一派則是直接放棄，說要等待她的下一部作品問世。在投資者的擔憂下，片商接連舉行了 VIP 試映會與一般試映會，專業影評人評分以及試映會評分均獲得六分的成績。先去看了電影的觀眾反應普遍都是「還不錯」，期待值分數則是跌到谷底。評論欄裡一整串都是與電影無關的惡意留言。

情況在電影正式上映之後有了轉變。雖然網路評分還在七分以下徘徊，但觀眾評分達到了九分。實際的觀後感留言逐漸洗掉了那些口不擇言的批評：「哭得好慘」、「結束了也沒有人站起來」、「正片開始之後就想不起來池建梧是誰了」。原先滿是負面評價的網路論壇中也出現了「池建梧不像之前擔心的那麼突兀」這種算是友善的言論。

「值得一看」、「比想像中好看」，偶爾也會出現「很好」、「很有趣」、「拍得很不錯」這種比高度盛讚力道更為強烈的短評。口耳相傳之下傳出了好口碑，電影的上映廳數和場次也增加了。隨著觀影人次的上升，與上映初期相比，更為詳盡且多樣化的影評接踵而來。印雅羅令人完全感受不到空窗期的精湛演技，還有申導演能夠細緻地捕捉剎那間情感的執導能力也得到了無異議的高度讚賞。

關於白尚熙和他飾演的「俊英」，則出現了各種五花八門的反應。某一種人是討厭這類型的電影，覺得合理化了犯罪行徑，卻因此怪罪演員而非劇本。有些人只會表達出最直接的情緒，例如好可怕、很有魅力、好悲傷、好刺激、很遺憾、很生氣、好可憐、好沉悶等等。更甚者還出現了像「雖然不懂他演技如何，但看得出來他長得很帥就是了」此等玩笑性質的發言。

其中最常被拿出來討論的話題有兩種。一個是「儘管面對印雅羅這般強大的對手演員，池建梧卻沒有發生被她光環完全掩蓋的慘事，也不會過度顯眼」，另一種是「池建梧感覺就是俊英本人，好可憐」的言論。後者這類評論主要都來自於不分年齡層的女性觀眾族群。也許是印雅羅所演繹出的錯亂糾葛帶給他們強烈的沉浸感吧，他們多次重覆觀賞，寫出優質的評論，為後期的票房助了一臂之力。

也有一批人對這樣意料之外的宣傳手法表示不滿。他們固執地大聲疾呼，認為無論白尚熙的演技多麼出色，他過去犯下的錯誤都不會消失，也無法改變他和製作團隊愚弄觀眾的這個事實。由於女性是《引力》的主要觀眾群，他們還譏諷說是否只要長得帥，就算是爛人演的東西女人們也照看不誤。不知何故，隨著時間過去，支持這種說法的聲量變得越來越小。

等到《引力》即將下片之際，即使電影本身毀譽參半，卻不再有人質疑白尚熙的選角問題。申導演就如同他所宣告的那般，用自己的電影說明了他選擇白尚熙的理由。

《引力》總共累積了四百四十七萬的觀影人次，創下了超越了損益平衡點兩百五十萬人次以上的紀錄。

10

Sugar Profit (1)

SUGAR BLUES

「……是這裡嗎？」

徐翰烈懷疑地望向窗外。他的車正停在一家破舊的飯館前。這是一間住宅改造的老舊建築，看起來隨時都有倒塌的可能。看似需要維修的屋頂上隨意覆蓋著一層厚厚的塑膠布，即便是親眼目睹，還是很難相信在林立的高樓之間竟存在著這種地方。楊秘書頗為尷尬地說明了情況。

「因為對方堅持不肯前往我們要求的約定場所。」

「這人還真是麻煩。那你就留在車上等吧。」

徐翰烈自行開門下了車，才剛踏出一步就扭開了頭。飯館裡正飄散出一股令他感到噁心的味道。他用手帕摀住口鼻，一邊四處張望尋找入口，找了半天才發現一個小小的滑動門。他嘗試往旁邊拉開那道緊閉的門，下面像是有東西卡住了似的，完全動不了。他在那裡奮戰了許久，飯館老闆忽然從裡面猝不及防地開了門。和徐翰烈對視了的老闆卻連一聲歡迎光臨也不說，僅用下巴比了下空位。

徐翰烈走進那扇低矮的門，環視著周遭。午餐時間剛結束，飯館裡面空蕩蕩的。視線自動朝向那個背對門口而坐的男人看去，想必這個人就是和他約好要見面的文成植了。

文成植是一家知名娛樂媒體的記者，他在演藝圈內各個領域人脈廣闊，到處佈有眼線，經常搶先獨占重磅消息。曾以壓倒性的證據逐一駁斥其他媒體倉促之下發表的消息，讓對方吃足苦頭而聞名。因此，只要是演藝圈方面的新聞，大眾傾向於盲目地相信《The Catch》所發佈的消息。

徐翰烈站到了文成植的面前，「您來得真早啊。」

文成植敲了一下燒酒瓶，嘻嘻地笑著：

「採訪比想像中還要早結束，所以先來喝了一杯，您不介意吧？」

「當然。」徐翰烈伸出手來與對方握手。「我是與您聯繫過的徐翰烈。」

「我是文成植，名片的話好像以前就給過了。」

他放開了和徐翰烈交握的手，一副笑迷迷的模樣：

「不知道您記不記得，我們算是舊識呢。」

徐翰烈不記得自己有單獨與他見過面，被記者團團包圍的經驗倒是不少。例如爆出緋聞時、因粗暴的駕駛方式惹出非議時、最近因徐宗烈吸毒事件被要求出席時等等。徐翰烈會面對這些記者也是為了維護公眾形象，不然和他們實在沒有什麼常見面的必要。

「請坐吧。」文成植笑得很溫和，但那副臉上一直帶著笑的樣子令徐翰烈不太順眼。他拉出椅子坐下，飯館老闆拿了杯子和燒酒杯來放在桌上，然後就站在那裡不走，似乎是想等他們點餐。徐翰烈撇了一眼文成植正在吃的那鍋解酒湯，裡面混雜著白菜乾、牛百葉、牛肺、牛腸、牛皺胃。他抬眸看向身後牆上的菜單。看來這家店是專門在做內臟料理的，始終縈繞在鼻尖的那股特殊腥味讓他失去了原有的食慾。

「不好意思，我腸胃不太舒服。」

飯館老闆愛理不理的，臉色難看地回到了收銀台。在一旁看著的文成植咧嘴嬉笑，直接向他詢問了來意。

「每次邀請您接受採訪結果都石沉大海，這次怎麼會主動約我見面啊？」

「還以為您是已經知道原因了才會答應赴約呢。」

「我是有一兩種猜測啦。不知道您是想收買我呢，還是打算對我施壓？畢竟韓國話不聽到最後，是不會曉得真正語意的不是嘛。」

「您之前寫的報導我都看過了，到底是在哪裡安插了眼線可以寫得如此詳盡，令人印象非常深刻。」

「您少裝了，我那不足掛齒的情搜能力怎麼跟日迅比啊？」

文成植一邊向後靠，向徐翰烈投來帶著調侃的眼神。

「我聽說，尹羅元和未成年少女交往的爆料是從日迅發出來的？」

「我們怎麼會去做這種不符合成本效益的事情呢？經營一個企業又不是小孩子在玩扮家家酒。」

「單純從表面上看起來是這樣沒錯，但是如果廣告代言人形象受損，也會對企業造成損失嘛。不過，SSIN 娛樂不是簽了池建梧嗎？看到這種奇妙的發展，讓我的想法產生了一些改變。根本就不夠格的尹羅元是基於什麼原因能夠當上日迅的廣告代言人？若是需要一個能夠提早和他解約的理由，沒有什麼比致命的醜聞更加合適的了。關於尹羅元的私生活和為人，日迅應該早在挑選廣告代言人的階段就已經摸清楚他的底細了吧？儘管如此，還是強行和他簽約，在合約期滿的一年之內就爆出了醜聞……要是日迅當真不知情的話，為何不要求他賠償鉅額的違約金呢？大企業的作法不都這樣的嗎？還是說，雙方交情好到僅靠撕毀合約就可以乾脆俐落地結束？……真是疑點重重啊。」

文成植說著，把燒酒瓶的蓋子放在自己的手掌心上。

「但是呢，把池建梧放進這盤棋局一看，我便稍微可以理解了。」

徐翰烈一聲不吭地抬起了眉梢，一副打算聽聽看他準備說些什麼的模樣。文成植也沒有推辭之意。

「當年那起暴力事件，據說池建梧原本應該是會被判緩刑的。打架的起因、為何揍了尹羅元，這些事他完全沒有為自己辯護，當時的經紀公司不但沒有聲明表態，甚至也沒有聘請律師，他在各方面都陷於一個相當不利的情況。然而在最後關頭卻出現了強大的律師團，推翻了這起案件？連說自己絕對不會釋出善意的尹羅元都願意接受和解。我雖然不知道池建梧背後是有誰在替他撐腰，但我認為既然能出動這麼大的律師團，他們應該也對尹羅元適宜地施行了某些軟硬兼施的手段吧。好比說，以和解作為交換條件，答應讓他成為形象夠優質、私生活乾淨的頂尖藝人才能勝任的企業形象代言人，或是手上握有某種證據之類的把柄，能夠對尹羅元造成巨大的打擊。」

「這樣聽起來，您別當記者了，該改行當小說作家才對。能夠將幾個不相干的情境串連在一起，編湊得有模有樣的，您這種能力實在是相當傑出啊。」

「是這樣嗎？徐代表突如其然地創立SSIN娛樂的時間點，偏偏和池建梧退伍的時機如此吻合，難道這是單純的巧合？」

「我從很早之前就開始籌備了，您如果有深入調查的話應該就會曉得。購買建地和擴建公司大樓是從五年前就開始的。」

「啊，這是當然，演藝企劃公司也是個事業，怎麼可能只準備個一兩年就能成功？不過是很久以前就開始計畫的事情，恰好就在池建梧退伍的時期將它付諸實行了而已嘛。我很納悶，企業內外都在為了是否要正式展開繼承工作而吵得人仰馬翻的時候，真正有力的繼承人卻置身事外，跑出來開了一間小小的經紀公司的理由會是什麼？您家裡應該也是大力反對的吧？」

「難道，記者先生想買包菸，還得看家裡長輩的臉色嗎？」

聽見徐翰烈不以為然的反駁，文成植噗哧笑了。天底下能有幾個人可以把位於江南精華地段五層樓高的樓房比喻作一包香菸呢？徐翰烈並沒有虛張聲勢，任誰都不能在他面前說這是種幼稚的譬喻。

文成植聳了一下肩，繼續說道：

「嗯，您簽了印雅羅的時候，想說她與您的級別是滿相符的，結果下一個簽的竟然是池建梧，也難怪大家會感到不解。聽說池建梧在跟 SSIN 娛樂簽約之後便還清了龐大的債務，那麼多的錢是從哪裡來的？難道是簽約金嗎？如果真是如此，是為什麼咧？我一直感到疑惑。而且這還沒完呢，徐代表不但光明正大地帶著他出席公開場合，給他的復出作品居然還是由印雅羅主演、申導演執導的作品。這一塊塊的拼圖不就這麼拼湊起來了嗎？」

「請繼續說。」

「我就又開始產生疑問了，到底徐代表和池建梧兩人是什麼關係要對他這麼照顧？應該至少在池建梧出事之前就認識了吧……所以我又調查了一下，於是發現一件非常有趣的事情。聽說徐代表在留學期間有回國讀了一年的高中，而那間高中正好是池建梧就讀的學校，甚至兩人還是同班同學呢？」

徐翰烈沒有做出任何反應，僅是交叉雙臂聽著對方說而已。文成植也沒有停下。

「兩人是在那短暫的一年時間裡累積出了深厚的友情嗎？要不然，還是池建梧對徐代表有救命之恩？或是被他逮到了什麼弱點？我朝各個方面推敲思考，終於見到一位還記得當年事情的徐代表的同學。他跟你同班，是個名叫林燦盛的先生。他說徐代表和池建梧兩人以前關係不太好呢？雖然不知道原因，說你們倆簡直就像死對頭一樣。而兩人現在卻又處在這樣的關係之中，既令人感到神奇，身為記者的我更是產生了興趣。但無論我怎麼調查，兩位在高中畢業之後卻是再無交集。」

徐翰烈的腦海裡暫時浮現了如今長怎樣都記不清的林燦盛和那一群跟班，隨即又被他趕出了腦中。因為文成植在此時忽然轉移了話題。

「聽說池建梧在出道之前都在做牛郎，專門服務那些富家太太，您知道這件事嗎？」

「這個嘛，我還是第一次聽聞呢。」

「是嗎？不過不只是池建梧，其他很多人也都有這種謠傳就是了。我也是出於好玩才試著拼湊這些線索，沒想到就這麼神奇地對上了呢？假如那則傳言就是那塊消失的拼圖，感覺似乎就能推論出之前暴力事件的來龍去脈。我舉個例子啊，比如說池建梧在當牛郎的期間遇見了強大的贊助商因而出道，這件事使得他和尹羅元之間有了嫌隙？兩人對於爭執的理由緘口不言，會不會是擔心贊助商的存在或是洗白的過去會被揭發暴露出來？那麼那名金主的真實身分要是被公開，應該對於兩人都會造成不小的打擊。」

這個人究竟了解到什麼程度了呢？徐翰烈目不轉睛地盯視著文成植精明的雙眼。他是徐翰烈討厭的類型，沒辦法輕易讀出他內心的想法。

「還真是辛苦您白忙了一場呢。」

「就算我說我的情報來源消息十分可靠？」

「您的消息來源怎樣我不管，但池建梧並不是一個這麼潔身自愛的人。他不會只因為害怕自己的過去會被揭露就選擇閉上嘴巴。」

文成植看著如此斷定的徐翰烈，嘴角長長地勾起了弧線。

「您倆實際上到底是什麼關係？」

「這問題也太低級了吧，能對同性的公司代表和所屬藝人提出這樣的問題嗎？」

「我的職業就是如此，畢竟本來就專門在揭發挖掘他人隱私，走不了什麼高雅的路線。」

文成植在口袋裡翻了翻，掏出個東西放在桌上。是一個USB隨身碟。徐翰烈看向文成植，無聲地詢問他的用意。所幸對方並沒有折磨徐翰烈的好奇心太久。

「其實在不久前，我拿到一份錄音紀錄。有人目擊到池建梧和尹羅元兩人發生爭執的過程，但那個人最終仍是不願公開自己的身分，只是把檔案寄來給我而已。他好像還是持有原檔，如果那些內容都是事實，公開之後勢必會造成巨大的影響。裡面包含了雖然是尹羅元先動的手，池建梧仍保持沉默的原因、為什麼尹羅元自己被打了卻只能含糊其詞地帶過，還有兩人為何一直以來關係不好的理由。徐代表應該也很想知道這些真相，這個就當作禮物送給您了。」

「為什麼手中明明握有這種證據，卻至今為止都沒有公開呢？您不是最愛獨家報導的嗎？」

「首先，報導也是有時宜性的，事情都已經過去了，現在才來揭穿有什麼意義？何況這種內容不管對尹羅元或池建梧都沒有半點好處，最近兩人一起合拍的電視劇不是很紅嗎？這種時候爆出這個料，這是要砸了多少人的飯碗啊？您別看我這樣，盡量避免惹上太大的麻煩，這可是我的處事原則。」

儘管如此，他又說了：「當然，要是電視劇結束後又發掘出更確切的證據，到時我可就沒辦法囉。」他的講法等於一枚隨時可能引爆的不定時炸彈。徐翰烈冷冷地瞇起眼眶。

「您想要的是什麼？」

「您這是什麼話，這麼突然？」

「和池建梧相關的每篇報導裡不是都隱約透漏出暗示的訊息了，難道不是抱持著某種期待？想要廣告？還是要幫您填飽一下口袋？」

「哎，您竟然把我當成那種人，很令人傷心呢。也許是會對某些特定人士人造成一些困擾，但我的工作就是要為了大眾的知情權公開真相。我會事先撒出一點誘餌，那是因為有些人特別喜歡這種算是雙向的交流模式。我這麼做呢其實並無惡意，還請您別太討厭我好嗎？」

文成植開玩笑似地說完這些話，自己哈哈地笑了起來，隨後立刻拿起手機就要起身。

「啊，這麼說起來，日迅建設的徐宗烈代表也對這件事很感興趣的樣子呢？他老是跑來刺探詢問當時的事件和您簽了池建梧的事情之間有沒有什麼內幕消息，讓我們老闆很是為難。他還一下子給我們買了不少廣告，無意之中給了我很多壓力啊。」

「……哈？」

「我自己吃的就由我自己來付吧，那麼告辭了。」

文成植點了頭之後便走向收銀台。他結帳完剛走出去，楊秘書馬上進了飯館。

「代表？」

「車子在哪？」

「在停車場……」

徐翰烈沒有多作說明就從座位上起身，楊秘書毫無頭緒地尾隨著。來到停車場的徐翰烈打開後座車門，拿出了平板電腦，然後將USB插上去確認裡面的文件檔。他仔細地讀著上面一行行的文字，眼睛漸漸瞇了起來。反覆地閱讀了幾遍同樣的內容，他忍不住發出了一聲低嘆。

原來文成植每次撰寫關於白尚熙的報導時都帶著微妙的暗示是有原因的。必須趕緊把那天的目擊者給找出來才行。

「池建梧和尹羅元發生暴力事件的那天，是他們電視劇的殺青宴對吧？」

「是的，據說是如此。」

徐翰烈將隨身碟拔下來交給楊秘書。

「把當天參加殺青宴的工作人員、演員、包括餐廳的員工們一個不漏地找出來，調查一下是誰錄下這些內容的。還有要隨時注意文成植有沒有和宗烈有特別的接觸。」

「是。」

楊秘書將後座車門完全敞開，協助徐翰烈入座。上了車的徐翰烈仍是陷在沉思之中。楊秘書稍微等待了一陣子才開口詢問接下來要去哪裡。徐翰烈隨即向他下達了新的指示。

「幫我準備一份文件，我有個地方要去。」

做出了某個決定的徐翰烈看起來顯得急躁萬分。

✳

「稍微休息一下再繼續！」

宣佈休息的吶喊聲響徹了整個攝影棚。工作人員不約而同地向四方散開。有人去抽菸，有人去填飽肚子，有人去解決拍攝途中一直憋著的要緊事，或是開始滑起了手機。

白尚熙通常是補眠的那一類。下一場戲開始前還有一兩個鐘頭的休息時間。他揉著不太舒服的後頸，一邊走向停車場。平常總是待在保母車裡的姜室長不知怎的正站在車子外頭。

「姜室長，你怎麼在這裡？」

白尚熙靠近了詢問，卻得到一個意外的消息。

「徐代表竟然來了。」

「徐代表？」

姜室長點點頭，然後朝保母車撇了一下頭。對方正巧也在這時發現了白尚熙的樣子，副駕駛座的門立刻打開來。下了車的人是楊秘書。白尚熙也跟著向頷首行禮的他點頭致意。楊秘書並無解釋前來的理由，而是直接替他開了後座的車門。

「請上車。」

白尚熙一頭霧水地走近門邊，向內一看，徐翰烈還真的坐在那裡。「你怎麼會來？」白尚熙問。只見徐翰烈看了下旁邊的位置，用眼神示意他趕快上車。白尚熙露出訝異的表情，但還是順從地配合他的要求。才剛坐下，門就自動被關上。貼著深黑隔熱膜的車子裡，只剩下徐翰烈和白尚熙兩個人。

白尚熙正想再問一次他有何要事，徐翰烈忽然拿出一份文件。

「簽名。」

「這是什麼？」

徐翰烈揮了揮手中的文件，要白尚熙自己確認內容的意思。白尚熙默默接下，拆開了文件袋封口。裡面裝著一份合約書，主要內容是要同意捐出自己一部分的收益。

「你的形象到底是有多糟糕，怎麼會每一部作品邀約都是那種角色啊？多做些善事吧。」

白尚熙都還沒等到說明解釋就先被削了一頓。感覺徐翰烈也沒有什麼資格給出這種建議，浮出這個念頭的白尚熙噗地偷笑，立刻就簽了名，根本就沒有好好地閱讀合約內容。

「你不先看一下嗎？」

「不用想也知道你會處理好啊，而且是朝著對我有利的方向。」

徐翰烈不禁蹙眉，表情像是聽到什麼詭異的話語。白尚熙也不管，把簽完名的文件重新放回紙袋裡，「可以了吧？」他說。徐翰烈正要伸手取走文件，白尚熙卻又嗖地將它向上舉起。

「什麼啦，給我。」

「你來找我就只為了這個嗎？」

「不然你以為我是來幹嘛的？」

「非得親自跑這一趟？」

「是因為事態緊急。」

「捐個款有那麼分秒必爭嗎？」

白尚熙故意裝出一副真心不懂的神情。徐翰烈似乎明白了他的言下之意。這樣的情況確實是容易引人誤會，但他這次來真的不是為了那種目的。

「……你少誤會，才不是。」

「不是什麼？」

「我才不是特地來看你的。」

「喔？知道了。你說不是就不是。」

「就說了真的不是。」

感到氣惱的徐翰烈頓時被白尚熙扣住了下巴，白尚熙的唇接著柔和地在他唇瓣上摩挲。他的手指搔癢似地撩著徐翰烈的下巴，在他的嘴上一遍又一遍地印上自己的唇。乾燥又發癢的觸碰讓徐翰烈的臉蛋曖昧地皺起。看著他的神情，白尚熙的眼神罕見地軟化了下來。

「您辛苦了。」這時車外傳來姜室長向某個人問候的聲音。徐翰烈的肩膀縮了一下。隔熱膜再怎麼黑，從裡面還是能清楚看見外面路過的人們。而且只要貼近著窗戶，從外面也能稍微看到內部的人影輪廓。即使如此，白尚熙還是不願分開兩人拉近的距離。

反應慢了一拍的徐翰烈抓住他的手臂試圖掙脫，但是沒用。他直接被對方拉過去，再次被吻住了嘴。這一次白尚熙執意地含住徐翰烈的上唇吮吸，又拉又扯地才鬆開嘴，再用大拇指輕緩搓揉著他豐腴的下唇。

「你什麼時候才要找我？」

吐出問句的磁性嗓音帶著微妙的低啞，空氣中瀰漫著隱隱的緊張感。徐翰烈思忖，是因為白尚熙裝扮後的模樣令人感到陌生的關係嗎？也可能是因為此刻身處在一個視野開闊的空間裡。過了好一陣子卻都沒聽見回覆，白尚熙將鎖定在徐翰烈唇瓣上的視線向上一勾。

「就今天。」

那隻不斷撫摸著下顎的手自然地覆在頸部，徐翰烈只是神色不悅地縮了一下脖子而已，並沒有將那隻手揮開。白尚熙把他摟過來接吻，刻意使壞地嘬吮著他突出的唇珠，舌頭在他緊閉的唇上擠壓鑽動，逼得他張開了嘴。高溫的舌才剛鑽入，徐翰烈在裡面等待已久的軟舌便與它甜美地纏攪在一起。

白尚熙繼續把徐翰烈往自己的方向拽，掀起那個妨礙到兩人的扶手。徐翰烈回應著他的吻，身子漸漸地被拉到白尚熙的身上。車內的窗簾及時放了下來，座椅靠背也跟著傾斜。

先前那份文件無力地掉落至車內地面。這是一次完美的反客為主。

✳

白尚熙抵達飯店時已經超過了凌晨兩點。本來預計要在十二點結束的拍攝有了一些延誤，拖到過了午夜才結束。下一個行程則預計早上八點開始。就算馬上回家也只能稍稍闔眼，休息一下就得起床，他也不確定徐翰烈是否沒有回家還在這裡等他。但白尚熙還是不嫌累地在公寓停車場揮別了姜室長後，再獨自動身前往飯店。

客房裡靜謐無聲。白尚熙特地往沙發看去，位子前放著一瓶紅酒和一個空酒杯。倒是沒有見到外套或是其他的物品。等不到人的他果然還是走了嗎？白尚熙向房間內挪步。途中經過的浴室裡同樣也沒有半點動靜。

他推開了半掩的臥室門，終於看見黑漆漆的床上有個低矮的隆起，持續面無表情的臉孔微不可見地露出了一絲鬆懈。

他放輕腳步地走近床邊，四周過於漆黑，只能大致辨識出形體輪廓。多虧於此，白尚熙能夠清楚地聽見他幽沉的呼吸聲。白尚熙伸手打開旁邊的床頭燈，怕對方感到刺眼，把亮度調到了最低。他的視線始終固定在徐翰烈的睡顏上。

憑感覺開燈的動作在抽回手時不小心碰了一下桌上的水杯。白尚熙有驚無險地穩住了杯子，放在一旁的藥袋進入了他的視線範圍。藥袋裡面裝著各式大小顏色不一的藥丸。這是什麼藥？他內心充滿疑問地檢視著藥袋，然後摸了一下徐翰烈的額頭。雖然滿溫熱的，但是並沒有發燒。放在前額上的手順勢輕撫著徐翰烈的眉心，可能是覺得癢，徐翰烈皺著眉躲開了。

「……」

白尚熙索性盤腿席地而坐，上身貼在床邊，近距離地觀賞著徐翰烈的臉。隨著眼眸緩緩轉動，那筆直的眉，閉闔的眼簾，稠密的一根根睫毛，以及從鼻樑至上唇的俐落線條，都被白尚熙描摹般地注視。完全放鬆的臉龐看起來是那麼的溫順而清秀，看再久也不會感到厭倦。

白尚熙悄然伸出手，就像曾經做過的那樣，在徐翰烈的臉頰上輕戳。他的臉頰柔軟得不得了，受到頰側擠壓的嘴唇也像先前那樣悄悄地張開來。白尚熙的眼角自動瞇起，唇畔深深地浮現一個無聲的笑。他毫不猶豫地低下頭，一面含吻徐翰烈微嘟的上唇一面爬起身。「嗯……」徐翰烈脖子蜷縮了一下。

白尚熙不停愛撫著他溫暖的臉頰，繼續在他上唇瓣輕輕地吸吮著。徐翰烈的下側唇瓣輕柔地貼在白尚熙下巴，帶著極為柔軟舒服的觸感。白尚熙於是一點一點、不疾不徐地壓上了徐翰烈的身體。徐翰烈原本平靜的眉心瞬間皺了起來。

「……什麼啊？」

困乏的抱怨聲才剛發出來就被白尚熙吃進了嘴裡。他扭著頭，分開徐翰烈的嘴，用自己的舌頭去擠壓裡面的舌。再次發出嚶嚀聲的徐翰烈吐息特別甘甜。摸撫著頰側的手掌轉眼間來到耳邊，正在搓揉著軟軟的耳垂肉。徐翰烈的體溫從指尖末梢傳遞而來，逐漸融化了白尚熙僵冷的軀體，感覺指尖都濕熱了起來。

白尚熙不斷輕微地挑逗著徐翰烈，僅用驅散不了睡意的那種力度。徐翰烈在無奈之下抓住了他手腕，白尚熙才終於放開他叼弄了半天的上唇。已經變得黏稠的唾液在白尚熙乾燥的唇部和徐翰烈的上唇之間長長地牽了條銀絲。徐翰烈恰好在這時掀開眼皮來，可能是睡得極沉，瞳孔還顯得朦朦朧朧。

「……好睏。」

他不用說白尚熙也看得出來。白尚熙嗯地應聲，捏住他臉頰，毫不留情在那翹出來的嘴唇上猛親了好幾口才轉往頸部內側進攻。徐翰烈悶哼著抗議，無力地推拒他。

「我很累啦。」

「你繼續睡，我再摸一下就好。」

儘管在對方脖子和肩膀上接連不斷地落下親吻，在腰際處摸索的手讓人不勝其擾，白尚熙仍如此理直氣壯地說道。苦著臉的徐翰烈扭動了一陣子之後開始慢慢地消停，不但反抗的動作趨緩，一時短促的呼吸也逐漸地平靜了下來。

白尚熙把昏睡過去的徐翰烈攬在懷裡，持續地吻著他身上的每一處。還把鼻子埋進徐翰烈的脖頸深處，盡情地汲取他身上的氣味。是因為這段時間以來都只和他做愛的關係嗎？他那比一般人微高的體溫、反而有些冰冷的手腳、肉體香甜的味道和那稍快的脈搏都令白尚熙熟悉不已，甚至能從他身上的這一切感受到一種奇妙的安全感。

白尚熙環抱著徐翰烈的背，額頭抵在他肩上磨蹭著。冰冷的耳朵在徐翰烈的耳際下方受到輕柔的碾壓，直接感受到徐翰烈沉穩的脈搏。徐翰烈的心臟震動到了肌膚表層，感覺得到那微小的震顫透過肌膚相貼原原本本地傳遞了過來。白尚熙傾聽著那靜靜迴盪的心跳聲入眠，平坦的寬背一起一伏之間傳出了安穩的呼吸聲。

「……」

儘管張開了眼，徐翰烈仍是發呆望著天花板。大概是因為昨晚吃的那個藥，他雖然睡得很飽，腦袋卻不太能運轉。最近心律不整的頻率越來越頻繁。吃了藥之後雖然能緩解症狀，但後遺症卻會導致他產生全身倦怠和嚴重的疲勞感。即便他充分地睡了一覺，睡醒後仍是終日感到疲乏無力。不管是何種成分，在體內累積久了都容易成為毒素。畢竟他持續服用了二十多年藥物，現在肝功能似乎也開始衰退。

不過平常吃了有安眠作用的藥物之後，他通常都能完全熟睡，昨晚卻好像做了一個奇怪的夢。徐翰烈忽然伸手摸上自己嘴唇，同時無端地撫過頸部和肩膀。白尚熙的唇瓣在身上落下的觸感，半夢半醒之中竟異常的清晰。

但徐翰烈隨即拋開心中疑惑放下了手。昨晚他等到十二點左右才睡著，看來拍攝應該是凌晨才結束的。白尚熙一大早就得出門工作，他不可能還特地趕來這裡。就算真的跑來了，那個人怎麼可能什麼都不做，老老實實地來睡一覺就走？

徐翰烈抬起沉重的身體，起身的霎那暈了一下。他雙手撐著額頭咒罵了一聲。就是因為這樣他才會這麼討厭吃藥的。說是想要活命就得吃藥，但每次吃了藥，身體狀態都會惡化得像個重症患者一樣。嘴巴好渴，必須喝點水才行。

徐翰烈歪歪斜斜地走出了臥室。聽到有聲音從浴室裡傳了出來，腳下跟著一頓。徐翰烈歪著頭，打開了浴室的門。站在花灑下的某個男人像是察覺到他的動靜於是轉過頭來——是白尚熙。出乎意料的情景讓徐翰烈的雙眼驚訝地大張。

他什麼時候來的？不是在做夢嗎？還是自己現在仍在夢中？混亂的思緒令徐翰烈身體僵硬，片刻動彈不得。白尚熙這時已經關上花灑的水，披上浴袍朝他走來。

「起來了？」

「你、怎麼……」

「工作結束之後過來一看，你已經在睡覺了。看你累成這樣也不好把你叫醒。」

「我不是有讓楊秘書通知你嗎？說我要先睡了，你如果太晚的話就下次再過來。」

「嗯。」白尚熙一邊伸出手，輕輕撫過徐翰烈不知為何顯得凹陷的眼眶。

「但我還是來了。」

若非感受到他手上如實的水氣，徐翰烈差點要以為這只是一場夢。不，就算有了確切的感受，他還是覺得很不真實。不是有那種感受過於鮮明、簡直身歷其境的夢境嗎？在徐翰烈胡思亂想之際，白尚熙摸著他眼角的手順著臉龐下滑，徐翰烈只能茫然地呆站著，任由那溫暖的手指輕輕向下扳開他乾澀的下唇。不一會，白尚熙的臉龐便湊過來，小心翼翼地讓兩人的唇瓣相交疊。人中附近被輕含的觸感似曾相識，就像昨晚做的那個夢。咦？難道那個也是現實情境？徐翰烈完全被搞糊塗了。

白尚熙撫觸的臉頰上產生了微弱的靜電感，沿著面龐流下的水滲進銜接的唇縫之間，嚐起來甜甜的。徐翰烈楞楞地承接著白尚熙的吻，被吻了一陣後，他揪住白尚熙的手，把自己的臉湊了上去。他的手插進白尚熙髮間，一邊積極主動地將他往自己的方向拉拽，一邊吻著他的嘴。然而單單如此無法輕易緩解他的渴望。

「給我。」

徐翰烈急切地喘著氣，卻仍是大膽地提出了要求。白尚熙笑了一聲，在徐翰烈的臉頰上輕拍了兩下。

「你發燒了嗎？嘴裡的溫度好像很高欸。張開我看看。」

徐翰烈一臉不高興的樣子，還是默默地張嘴。白尚熙的手指頭伸了進去，摩擦並探索著口腔裡的每個角落。有些發麻的感覺讓徐翰烈眉間緊蹙，受到刺激的舌變得一片濕濘，纏上了在裡面東摸西摸的手指。白尚熙驟然貼上了唇瓣，舌頭挨著徐翰烈被按住的舌肉摩擦。徐翰烈發出低吟，閉上了眼睛。與硬實的手指不同，柔軟溫熱的舌肉舒服地與己糾纏。難分難捨的舌頭嘗起來其實沒有任何味道，口水卻一直分泌，不斷溢流至下顎尖。徐翰烈兩手捧著白尚熙的臉，將他的舌和唇吻得香甜，嘖嘖出聲。

白尚熙一面接受他急切的吻，同時把徐翰烈抱到了洗手台上。他卡進徐翰烈的雙腿之間，更加認真努力地吞吃著徐翰烈渡過來的呼吸，吸吮著他的黏膜。白尚熙能感覺到徐翰烈與他相貼的身軀隱約繃緊，熱度也在攀升。

直到門鈴聲突然響起，兩人才猛然間回過神來。瘋狂貪戀著彼此的嘴巴頓時停下了動作。

「我叫了一點吃的。」

白尚熙在徐翰烈的肩頭多親了一口才去外面應門。那天在拍攝現場時也是如此，該說他變得莫名溫柔嗎？雖然他之前在上床時也會不時做出一些肉麻的舉動，但是照理說他不應該昨晚什麼也沒幹，然後在快要出門工作前才製造出這種氣氛來。自從白尚熙宣告說要接受徐翰烈所有的無理取鬧，他的態度便產生了驟變。不知道他是不是在假扮戀人才會這麼說的。可以如此放任自我沉醉在這種假象裡，隨隨便便地就被他沖昏頭嗎？

「……」

徐翰烈撥亂頭髮，走進花灑之下，想把雜念紛飛的頭腦給沖刷乾淨。儘管是春天了，從頭頂淋下的冷水還是讓他手腳不住發顫，不過混亂的大腦因此迅速地沉澱了下來。

過了許久他才走出浴室，坐在沙發等待的白尚熙見到他臉色明顯發白，眼神中流露驚詫。徐翰烈無所謂地走到沙發坐下，不情願地掃視著桌上準備好的食物，先是拿起了水來喝。冰冷的水珠從他濕透的髮梢上滴答落下。即使沒有直接碰觸，也能感受到他身上散發的凜凜寒氣。

「你幹嘛叫這麼多。」

徐翰烈一邊發出指責，一邊無視著對方顯而易見的目光。直勾勾看著他的白尚熙倏地起身，而徐翰烈伸手摘了顆擺在桌上的麝香葡萄送進嘴裡。

白尚熙拿了個吹風機回來，插上了附近的插座然後開啟電源。溫熱的暖風和修長的手指突襲著被冷水澆淋過後變得敏感的頭皮，雞皮疙瘩沿著後頸和脊椎一路爬了個滿身。「不要這樣」，徐翰烈聳起了肩膀抗議。

「你這種一大早就沖冷水澡的癖好我是不會多說什麼，但至少要好好吹乾。看你動不動就生病的。」

白尚熙扣住了徐翰烈的肩膀，再次拿起吹風機對著他。溫度適中的習習暖風拂去了頭髮的水氣，濕濕麻麻的頭皮逐漸蓬鬆了起來。白尚熙一邊替他撥著吹乾的頭髮，一邊不停搓揉著頭皮，吹著吹著，那隻手開始在耳朵和後頸上撫摸了起來。徐翰烈再次揮開他那令人酥軟的觸碰。

「你有缺什麼東西嗎？」

「這麼突然？」

「會這樣主動做出一些獻殷勤的舉動不就是有所求嗎？不要這樣行為可疑地裝模作樣了，有什麼想要的盡管直說，看是要車子要手錶，還是看誰不順眼，要找人幫你修理一下也可以。」

白尚熙露出了莫可奈何的笑，在徐翰烈對面坐下。

「要獎勵我的話，下次記得等我，別自己先睡。」

說著，白尚熙很自然地把徐翰烈挑到盤子另一側的蘑菇撿起來吃掉。徐翰烈不悅地看著他。對方也沒特別說什麼下流的葷話，聽在徐翰烈耳裡卻帶著性暗示的意味。白尚熙抬起眼和他對視。

「我可沒有沒良心到硬是把睡得不省人事的人挖起來做，也沒自信可以做得那麼小心翼翼，不會把你給吵醒。」

他知道自己臉皮有多厚嗎？說得一副完全理所當然的樣子。白尚熙用隨口一提的語氣向無言以對的徐翰烈問道：

「你昨天睡前吃了藥？」

「……那是保健食品。」

徐翰烈含糊地敷衍，白尚熙深深凝視的目光再次將他鎖定。

「保健食品？」

「我得健健康康地長命百歲，這樣才能幫助問題多多的池建梧成功地出人頭地嘛。沒有我，還有誰願意來幫你收拾你那些爛攤子？」

為了轉移白尚熙異常的關注焦點，徐翰烈大剌剌地往自己臉上貼金。白尚熙僅是噗哧一笑，如他所願地並沒有繼續追問他吃的到底是什麼藥。

徐翰烈的宿疾是對外保密的，就連親戚們也只知道他有個先天性的遺傳疾病，實際了解病況的人就只有徐會長和徐朱媛而已。兩人極度小心謹慎，保護著不讓他的病情外洩。大企業的環境就像殘酷的野外叢林，一時的稱霸並不代表戰爭的結束，虛弱的繼承者肯定很快就會失去勢力。雖然兩人各自懷有不同的理由，但他們皆不希望徐翰烈就這樣遭到淘汰。

這件事也沒有必要特地讓白尚熙知道，他就算知道了也不會有什麼改變。比起用錢買來的愛情，基於同情的親切不是更為悲慘？不對，就連能不能得到對方的同情都還是個未知數。不能讓白尚熙知道。跟他就繼續維持著一直以來的關係，以後也都會是如此。

「幹嘛這樣看我？」

白尚熙對於他長時間的注視發出了疑問。徐翰烈搖搖頭，視線向下落在平板電腦上。他雖然慢慢滑著網頁，卻什麼東西都無法入眼。

放在一旁的手機在這時突然響起。是白尚熙的電話。看了下時間，姜室長差不多該到了。白尚熙彎下身拿走他的手機，退開時順勢在徐翰烈臉上親了一下。徐翰烈被親了之後動也不動的，白尚熙直盯著他的側臉看了幾秒，才裝作什麼事都沒發生地接起了手機。在他通電話的過程中，徐翰烈依舊是整個人僵在原地無法動彈。

他低垂的面孔上混雜著好幾種情緒。頭腦在告誡自己不可以，內心的愉悅卻老是不受控制地膨脹。當爛漫天真的氣球飄飄然地往天上飛去的那一刻，已註定了它終將承受不了壓力而爆炸的結局。

姜室長用一種要把他看出一個洞來的氣勢瞪著正大光明從飯店走出來的白尚熙。

「你來啦？」白尚熙坦然自在地招呼完便拿起了他的劇本，似乎沒有要交待事情原委的想法。姜室長沒有發動車子，而是大動作地扭頭看向後座。

「你為什麼會從這裡出來？我明明就把你載回公寓了。」

「當然是來飯店睡覺過夜的啊，不然還會來做什麼？」

「和誰？」

白尚熙沒有出聲。每次只要碰到難以回答的問題他就閉著嘴，一聲不吭的。他太老實了，是那種寧可沉默也不願意說謊的人。明知這一點的姜室長才不會傻傻地就此打住。

「所以是和誰一起睡的嘛？自己一個人的話哪有必要還特地跑來這裡啊？」

白尚熙只是嘩啦啦地翻著劇本，默默不語。他從前隨便和人上床的時候姜室長也沒有一一向他確認那些對象。因為這算是白尚熙的隱私，而且姜室長根本不用刻意追問，日後也會自然而然地知曉。也因此白尚熙最近的行蹤顯得加倍可疑，不知道他是在哪趁機釋放壓力的，姜室長完全猜不到對方是誰。過去明明是個能毫不避諱開誠布公談論的話題，為何現在卻成了避而不談的祕密。

「你該不會是談戀愛了？」

「……算是類似的事吧。」

直截了當地試探了一下，白尚熙便乖乖招認了。雖然這個答案讓人不盡滿意。

「談戀愛就談戀愛，不是就不是，什麼叫類似的事情啦？」

姜室長一邊發動車子一邊嘀嘀咕咕地抱怨。「你這膽子還真是大啊，這麼多的飯店偏偏要選在這裡」，在接二連三的嘮叨聲當中，白尚熙忽然間開了口：

「下次吧。」

姜室長瞄了一眼後照鏡，然而白尚熙的視線依然固定在劇本上。

「等時候到了我會全部告訴姜室長的，你就先裝作不知道吧。」

他都這樣拜託了，姜室長也不好再繼續探究。心裡有種不太舒暢的感覺，彷彿遺漏了什麼重要的線索。

姜室長轉移話題，本想問他昨晚有沒有睡好的，遂又打消了這個念頭。白尚熙倒映在後照鏡裡的臉色看起來比任何時候都還要光彩照人。總是一號表情的那張臉最近也顯得頗為柔和舒坦。不知道是該歸功於那位交往的對象，還是是因為工作進展都很順利，總之只要是好的變化，他知道他都該心甘情願地接受。無來由感到憂心的姜室長只好想盡辦法去擺脫心中那股不安的感受。

✳

《按照神的旨意》正在熱播中。初期大眾集中在選角上的注意力逐漸轉移到了內容本身。由於提前完成了大部分的拍攝，後製剪輯也很流暢，穩定的劇情發展與合適的執導風格提高了作品的完成度。韓再伊對於角色的掌握力也十分突出。她獨特的逼真演技引起了觀眾深切的共鳴和連帶意識。超乎預期的熱烈反應對於製作團隊和全體演員都起了一個很好的刺激作用。為了創作出更好的作品，編劇甚至每天都會修改好幾次台詞。在剪輯過程中，經常出現放棄原先已錄製好的內容，重新又再拍攝一遍的情況。因此，事前拍攝的部份已不足以應付播放進度，甚至不惜辛苦熬夜趕戲，大家也都默默地接受。所有人都在各自的崗位上竭盡全力，白尚熙認為自己也應該盡到自己的一份力量才是。

他在讀劇本的時候，只要有一點點不太清楚的部份，就會馬上聯絡編劇作家們。拍攝前也會向 PD 詢問一些建議。遇到有很多東西不明白的時候，除了再三詢問之外沒有其他的辦法。白尚熙的競爭力在於任何事情他都能用很快的速度適應上手。無論是什麼事，只要一遍又一遍地反覆做到上癮的程度，便可熟能生巧，習慣成自然。

這幾天就連躺著要睡覺了，他的腦海裡還時不時會冒出一些新的點子。每當他拿到新劇本，過去總讓他覺得晦澀難以理解的「修皓」，現在就如同他本人一樣自在。不需要特別的指示，他的眼神、動作、語調就能配合著情境自然地流露。甚至他偶爾加入一些即興的表演，金PD都沒發現原來那段是沒有台詞的。金PD更是時常要求演員們臨場隨意發揮，不用管劇本沒關係。白尚熙便在這樣正向的期待和信賴之中，自然而然地培養出自信感。儘管累了也彷彿不知疲倦，萌生出一股前所未有的從容。

待機之際聽見敲門聲，他抬起了頭。在駕駛座上打盹的姜室長降下了車窗。只見導演組最年輕的工作人員一臉為難地站在窗外。

「有什麼事嗎？」

「能麻煩池建梧先生提早準備嗎？」

「上一場戲呢？都結束了？」

「沒有……出了點狀況，不得已必須更動拍攝的順序……麻煩您了。」

工作人員再次請求他們見諒。白尚熙於是乖乖地拿著劇本和礦泉水，下了保母車。

今天的拍攝要在醫院門口進行。再次預見「祈源」死亡的「溫婷」即使在生病的情況下也為了救他而挺身而出，以至於最後昏了過去。「修皓」是第一個被叫去急診室的人。他為了親自督促每回都無法遵守截稿期限的「溫婷」，自行將她手機的一號快速撥號鍵設成了自己的號碼，因此糊里糊塗成了「溫婷」的保護人。「修皓」持續地守在她身邊直到她恢復意識，並且幫她支付了醫藥費。當他聽到「溫婷」是因為得了流感而導致營養失調，忍不住惡狠狠地臭罵她一頓，責怪她說都是成年人了，為何不能照顧好自己的身體。

而原本要去外地表演的「祈源」後來將車調頭趕了回來，把在醫院預見多名病患死亡而混亂不已的「溫婷」緊緊抱在懷裡。這是這段期間以性命為擔保，維持著微妙同盟關係的兩人發展成為戀人的第一步契機。

大部分劇情都已經拍攝完成，只是要補拍最近追加的某個橋段。可是金PD對於「溫婷」和「祈源」之前拍的吻戲不是非常滿意，打算趁著現在有場地重新拍攝一遍。於是尹羅元會先行拍攝，接下來才輪到白尚熙的戲份，這是尹羅元自己提出要這樣安排的。他大概是莫名的自尊心作祟，一門心思想著要先發制人。事實上，白尚熙對於他的情況根本不感興趣。

一抵達拍攝現場，白尚熙就看到尹羅元和韓再伊抱在一起的場面。韓再伊哭得淚流滿面，頭髮也亂成一團，手背上的假傷口和病人服上滿是斑駁的人造血跡。尹羅元正在輕輕安慰著渾身發抖的韓再伊。韓再伊在他溫情十足的拍撫下，身體總算不再顫抖得這麼厲害。

「溫婷小姐什麼都別做，妳可以繼續躲藏起來沒關係，我不會有事的，我一定會平安地活下來……」

唸誦著台詞的尹羅元分開了與韓再伊緊貼的身軀，他雙手捧著韓再伊面無血色的臉龐，悄悄歪頭吻上她的嘴。挨近她之前的動作是那麼的小心翼翼，含吻她腫脹的雙唇時看起來卻顯得莫名的性急，或許是想表達那種急迫難耐的心情吧。令人快要喘不過氣的吻終於逼得韓再伊皺起了臉。

「卡！」

吻得正投入的尹羅元愣愣地回過頭，韓再伊則是低嘆了一口氣，從位子上站了起來。

她的造型師過來替她蓋上了毛毯。韓再伊偷偷拽起毛毯一角，神不知鬼不覺地擦了擦自己的嘴角，因反覆不斷的重拍而露出了沮喪的神色。

尹羅元盡量擠出一個看似溫和的笑容來。

「怎麼了，導演？這次也不太對嗎？」

「嗯……是滿用心在演繹的，但還是感覺情慾的味道過重了。在吻上她之前分明是在安慰她的不是嗎？這種場景如果只呈現出情色感的話，會浪費了先前累積至今的那些鋪陳。我希望羅元先生能不要只站在祈源的立場上思考，也要稍微考慮到溫婷的難處。她原先可是躲在家躲了十多年耶，現在為了要救你才好不容易踏出家門的不是嗎？出來之後又昏倒，又因此看到了那些原本不需要看到的痛苦畫面，對於這樣一個對象，你不能用更惋惜、心憐、想要給予她安慰的感覺來表現嗎？」

類似的話已經講過很多遍的樣子，金 PD 和旁邊一同聽著的導演團隊都顯露出了倦意。尹羅元自己也感到很厭煩，但他還是不加思索地問著「那要再來一次嗎」。金 PD 搖了搖頭。

「就先停在這裡吧，等你調整好之後再繼續。」

尹羅元默默答了是，卻難掩臉上的僵硬，和白尚熙四目相對時更是直接皺起臉來。尹羅元的造型師幫他在肩膀圍上了毯子，他卻煩躁地一把甩開，大步朝他的車子走去。

金 PD 向還待在現場的韓再伊請求諒解：

「再伊小姐，很抱歉，我們必須先拍下一場戲了。」

「沒關係，反正這兩場本來就都是今天要拍攝的內容嘛，無所謂。」

「謝謝妳的體諒，妳先去休息一下，換好衣服再過來吧。」

韓再伊點點頭，走向化妝車。金 PD 也希望白尚熙能夠體諒。

「建梧先生，我們想先拍第二十三場戲，可以嗎？」

「可以的，不過那場戲我想加個道具，不曉得可不可以？」

「道具？什麼道具？」

白尚熙簡單地表達了一下自己的意見。金PD仔細聽他說完後拍了下他肩膀，「就那樣試試看吧」，還命令助理導演按照白尚熙的要求去準備。

正式的拍攝要等到韓再伊回來之後才能重新開始，金PD於是也暫時離開了座位。

白尚熙有些無聊地等待著，一旁的工作人員們開始發起了牢騷。

「欸，今天天氣超好的。」

「這種天氣就該出去放放風才對呀。」

「不是說櫻花的花語是期中考？對我來說應該是『戰爭的序幕』。本來以為這次拍攝時間很充裕，不會像以前連約會的時間都沒有，結果還是一樣忙翻天。我女朋友最近超級不爽的，說美好的時光就這樣浪費掉了。」

「小子，好歹你還有個女朋友啊。反正你們這些臭情侶就是喜歡這樣小題大作，多愁善感的，你說對不對，建梧先生？」

「這種事你問池建梧先生幹嘛啦，人家這輩子應該還沒有嘗過單身狗的痛苦滋味吧。」

他們很自然地把一旁的白尚熙拉進了對話之中。吃飯的時候白尚常因為位子不夠，就和他們擠在同一桌，聚餐的時候也經常對飲喝酒，多少開始熟稔了起來。白尚熙既不會擺出藝人的架子耍特權，而且意外地是會主動親近別人的類型。這次他也是毫不見外地加入了談話。

「想要賞櫻的話，其實晚上也看得到喔。」

「晚上？」

「對啊，天黑的時候看也很漂亮。」

「哇，很棒的情報耶，要來問問看我女友。」

「你看吧，我就說了，建梧先生是高手啊。」

「建梧先生不去約會嗎？多可惜啊，一轉眼馬上就是夏天了耶。」

暗中試探的這番話被白尚熙笑笑地帶過。的確，輕輕拂過肌膚的微風讓人心情愉快，目光也會不自主地被那些盛開的花兒給吸引。但花開再美也僅只短短一季，等人們想到「春天到了」的時候，它已經要流逝而過了。

白尚熙一時陷入沉吟，隨後突然環顧起他的左右。打著哈欠一邊走來的姜室長即時進入他的視野。他箭步走向姜室長。

「姜室長，手機給我一下。」

姜室長老實地交出了替他保管著的手機。但白尚熙沒有立刻拿走他的手機，而是繼續擺動著手掌。

「不是我的，我要室長的手機。」

「我的手機？為什麼？」

「不管啦，先借我。」

姜室長迷迷糊糊地交出了自己的手機。白尚熙當著他的面，堂而皇之地解開了鎖定畫面。姜室長正要向他提出抗議，都還來不及說句什麼他就已經轉身走掉了。白尚熙翻著通訊錄，找出了一個電話號碼。他按下撥號鍵，撥號音只響了差不多三聲就停住了。接著，電話那頭傳來了熟悉的嗓音。

「你好，我是徐翰烈。」

「是我。」

「……」

「有聽到嗎？」

「你在幹嘛啦，每次都用別人的手機打來。」

「之前不是就說過了，我的手機裡沒有你的號碼。」

「那種事情你不會自己隨機應變存一下就好……」

「你知道這樣代表什麼意思嗎？」

直到目前為止，就算不曉得徐翰烈的電話號碼，對白尚熙來說也不曾造成什麼問題。工作上的事項，就透過姜室長或是公司來聯絡，履行贊助合約的部份，則交由楊秘書來處理。除此之外，沒有什麼特別的事情需要聯繫。徐翰烈也不會為了這種私事打電話或是傳訊息給他，寧願突襲似地闖進他的公寓裡。這大概是徐翰烈一貫的作風。白尚熙隱約在猜想，徐翰烈目前為止交往過的那些人當中，應該沒有任何人能夠擁有他的私人聯絡方式。這種做法猶如一道防護網，防止對方僭越身分，放縱情感泛濫而無法自拔。

儘管徐翰烈對白尚熙懷有某種特殊的感情，並不代表他就會改變這種方式。徐翰烈無論何時都可以招喚白尚熙，也可以自由地進出他的私人空間。然而白尚熙卻只有在飯店或是辦公室這些得到允許的地方才可以見到徐翰烈，況且仍是充滿了不確定性。這種不平衡的狀態在兩人之間造成了一種無形的位階差距。

白尚熙向很久都沒回話的徐翰烈再次問道：

「這樣你還是願意給我你的號碼？」

「隨便你，不過就是個電話號碼而已，又不算什麼。」

徐翰烈語氣裝作毫不在乎的樣子，但臉色肯定是好不到哪裡去。腦海中自動浮現出他的臉孔，令白尚熙禁不住莞爾。一直注意著白尚熙的姜室長皺起了眉頭來。

「知道了，那我掛了。」

白尚熙單方面地結束通話，並刪除了通話紀錄。還給姜室長手機時，他順便拿走姜室長手上自己的那支手機。按著數字鍵的手指沒有半點的猶豫。按下撥號鍵之後，他走到了離姜室長幾步之外的距離。這次的撥號音也響了不到三聲就被接起。

「……到底是怎樣，你很閒嗎？」

徐翰烈劈頭就是一句抱怨。儘管口吻透露著不耐煩，他卻沒有忽視這通來電。

「拍攝前多出了一點空檔時間，先不說這個，你今天下班之後還有別的事嗎？」

「你問這個幹嘛？」

「想說晚上來去賞個花。」

「……花這種到處都有的東西，幹嘛還要特地跑去觀賞。我不要，那種地方不是都最多人的嘛。」

「人人都喜歡的事，不覺得應該是有它的一些道理嗎？」

「你那麼好奇的話就跟別人去看啊。」

「有夠無情的，都不肯帶我出去散步。」

「只有在需要我的時候才會裝小狗是吧，真的是狗的話應該會乖乖聽話啊。」很奇怪，對方的抱怨聲聽起來竟是如此的悅耳。白尚熙噗哧發笑，逕自訂下了約定。

「工作結束之後我會過去接你，你在飯店裡等我。」

這次的電話是徐翰烈先掛斷的。他雖然沒有答應，但是也沒有拒絕到底。白尚熙無意義地擺弄著手機，對於沒辦法親眼看到對方的表情感到可惜。

不久後拍攝重啟，要拍的這一幕是「修皓式」的駕駛訓練教學。

白尚熙飾演的「修皓」有著冷酷的性格。他的初次登場是在一名過勞死的員工葬禮上，面對難過的家屬，依舊毫不猶豫地要求他們交出死者遺物中重要的業務檔案。他就是個完全的績效至上主義者，是個把人當成機器來對待的角色。這樣一個冷血之人在對待和他有一半血緣關係的「祈源」或是懷有難言之隱的「溫婷」時，當然不可能會親切到哪裡。電視劇播出之初，觀眾們對於他沒有人性的言辭充滿了負面的批評，直到最近才開始有了一點轉變。由於「修皓」用像對待物品的方式一視同仁地去對待「溫婷」，對她來說，這反而成為了一種體貼。

實際上，在先前的場景，「修皓」來到了醫院催促住院的「溫婷」履行她的合約。他主張「溫婷」之所以會這樣莫名其妙地昏倒，是因為她沒有好好照顧自己的身體，而在存稿消耗殆盡前她都沒在動筆的緣故，最後才會無法按時交稿。既然這麼害怕與人接觸，那就應該想辦法減少和別人扯上關係的機會，並且盡量照顧好自己的身體，以免造成他人的困擾。

儘管知道「溫婷」的社交恐懼症很嚴重，「修皓」也沒有對她表示同情。他認為與其覺得生病的「溫婷」很可憐或是去照看著她，還不如設法防止這種事情再次發生，因此他馬上把住院中的「溫婷」給抓了出來。別說是公共交通工具，「溫婷」就連稍微在外頭走路都很害怕，所以他提出來的解決方法是教導她學會開車這項技能。對比他這種做法，「祈源」則是告訴她說想躲就繼續躲著沒關係，這是兩人最明顯的差異。

白尚熙在拍攝前再次確認了一下台詞，隨後韓再伊便坐進了駕駛座。她先將椅背豎立成九十度，然後把座位往方向盤拉近。只見她繫上安全帶，習慣性地調整後照鏡的模樣極為熟練自然。然而當外面的 stand by 聲一響起，她的肩膀霎時僵硬，表情變得有點傻呼呼的，原本一雙游刃有餘的眼登時充滿了深深的恐懼。白尚熙有趣地看著韓再伊的變化，自覺性地轉回了視線。

「預備，Cue！」

外面很快傳來開拍的指令。韓再伊兩隻手緊抓著方向盤躊躇不決，從那不穩定的呼吸當中可以感覺到她的焦慮不安。

「我真的辦不到，以後我不會再開天窗了……請讓我下車吧。」

「這件事就不用提了，按時交稿本來就是最基本的。我現在是沒辦法確保金溫婷小姐以後還會不會再次發生類似的問題。生病了就要自己去醫院啊，又不是小孩子了。成年人要懂得對自己的人生負責。」

「您以為這像您嘴上說得那麼簡單嗎？我就是沒辦法開車嘛！」

「那妳是怎麼考到駕照的？妳認定自己辦不到而一直不嘗試，難道之後某一天就會突然變得很會開車？」

「那張駕照根本有等於沒有，考完都過了十年了……」

「那正好，差不多也該去更新換照了。」

說著，白尚熙傾斜上身按下引擎啟動按鈕。韓再伊攏起了眉毛，緊握著方向盤。「還不走在幹嘛？」白尚熙對只看著前方完全沒有動作的她問道。

韓再伊手足無措地在排檔桿上摸來摸去，每個動作都像沒上油的舊機器一樣，生澀無比。劇本在此時的描述是「修皓」會幫緊張的「溫婷」矯正她的姿勢。

見韓再伊不管三七二十一就要換檔，白尚熙拿起一枝筆敲了敲她的座位。韓再伊楞楞地看向他。

「妳身體貼這麼近是要怎麼轉動方向盤？先把椅子距離調整好。」

韓再伊晚了幾秒才答了是，然後慢騰騰地拉開了座位的間距。椅背也稍微向後仰。重新抓住排檔桿的那隻手充滿了窘迫之意。白尚熙沒有催她，僅是用筆指著變速箱檔位的D檔。打到D檔之後，韓再伊再度握住方向盤的動作仍是相當的緊繃。

「肩膀放鬆。」

白尚熙用筆輕輕按著她不自覺高聳的肩膀。

「手臂也要放下來。方向盤不是抓住就好而是要去轉動它。妳動作這麼僵硬是要如何操控它呢？」

自始至終都是公事公辦的語氣，卻讓人感覺異常的溫柔。可能是因為他盡可能地減少了與對方身體上的接觸。

當韓再伊的手臂完全貼在方向盤上時，白尚熙用筆撐起了她的手腕。

「現在這樣又太低了。」

「那個……」

「專心點，請妳注視著前方。」

那隻筆溫柔地托起韓再伊的下巴。不可思議的是，她的姿勢逐漸變得標準了起來。韓再伊靜靜地呼氣，咬著自己的下唇，雙眼凝視前方。白尚熙用筆輕輕敲了敲後照鏡，吸引她的注意。

「還記得吧？開車時要看著前方，也要時不時確認車內和兩側的後照鏡。變換車道時必須轉頭至肩膀的位置檢查後方來車。」

韓再伊用點頭代替了回答。一眨不眨的雙眼裡滿是緊張。白尚熙的嘴角無聲地提起隨即又落下。

「是說已經很了不起了，連開個車都怕得半死的人，還能想得到要畫圖來養活自己。」

「……」

韓再伊像是聽見了什麼奇怪的言論，呆呆地望著白尚熙。「看前面。」他仍舊是直視著正前方。韓再伊趕緊轉回頭，握著方向盤的手也不禁使力。就在下一刻……

「卡！」

等待之中的指令聲落下。韓再伊和白尚熙的表情頓時放鬆下來。兩人一致看向窗外的金PD，他不作任何評語，而是立即撥了通電話，似乎是在跟作家們聯絡的樣子。每當他遇到特別在意的事情總是會在當下立刻處理，他們也算是習慣了這樣的光景。

造型師利用這個空檔幫韓再伊抓了抓頭髮。韓再伊任由造型師替她整理，開口向白尚熙問道：

「那隻筆，是建梧先生準備的嗎？」

「嗯，既然有社交恐懼症，感覺直接伸手摸來摸去的不太好。」

白尚熙習慣性似地轉著手上的筆。一旁看著的韓再伊於是兩眼發光，問他這是怎麼做的。白尚熙把筆遞過去，大致地向她講解了方法。就在韓再伊試著模仿他轉了幾下的時候，金PD恰好結束了通話。他朝著他們走來，臉上肉眼可見地興奮漲紅。

「建梧先生，剛剛那個再重來一次就好，感覺很不錯。」

「好的。」

「再伊小姐的演技也很棒。」稱讚完的金PD趕緊走向攝影機後方。看似急躁的步伐輕盈得宛如走在雲端上。

白尚熙預備要開拍，正在調整姿勢的時候，無意間瞥到了窗外的尹羅元。他似乎在觀看著白尚熙演戲。一對到眼，尹羅元馬上掉頭。氣吁吁走遠的背影像是對於現場和之前截然不同的氣氛感到氣急敗壞，甚至不爽地推開了試圖安撫他的經紀人。現在連周遭的目光都顧慮不了了嗎？就算是小孩子也不會像他這樣亂發脾氣。面對即將開拍的指令，白尚熙收回他那道無動於衷的視線。

拍攝是在下午五點左右結束的。白尚熙考慮著是要去公司找徐翰烈，還是直接去飯店等。最後他還是先回到自己家裡，乾淨地沖了個澡，換了一身衣服，頭髮也好好吹整過，適度地打理一番。由於差不多到了用餐時間，可能要先吃過晚餐再出發。雖然他是打算盡量克制，但要是氣氛對了，也不排除做愛優先的可能性。白尚熙瀏覽著手機上的賞花名勝地點，一邊走向地下停車場。

他一按下解鎖鍵，停得最偏僻的那台車閃爍了一下車頭燈。那是一台 Lotus Evora，黑色流暢的車身是它的特徵。這台車雖然是登記在白尚熙名下，但這次是他第二次乘坐。他在不久前才剛知道這台車是他的，上次生日的時候徐翰烈竟一聲也不說，就這樣把車丟了就走。

白尚熙收到的不只有車子，生日當天結束拍攝之後他回到家一看，更衣室裡多了好多之前沒有的東西。除了數十件的衣服鞋子以外，還有手錶、墨鏡、手鐲等飾品。車鑰匙也放在一起。因為徐翰烈完全沒有任何表示，他根本沒想到這些東西全都是他的生日禮物。再加上，從白尚熙剛搬進來那時，屋子裡原本就是應有盡有、隨時可以入住的狀態。後來他發現家裡一些用不到或過期的東西都會被丟棄處理，自動會有新的東西遞補進來，所以他才會以為那些東西只是日常的添購。雖然現在是白尚熙住在這間房子裡，但徐翰烈也經常會過來，可能也想隨他自己喜好做出一些更動，平時偶爾會在更衣室增加一些新行頭。雖然那天添購的種類和數量特別多，但白尚熙並沒有太過在意。他想說徐翰烈提供這些服裝飾品可能是為了讓他維持藝人的體面，於是沒有把這件事放在心上。當時雖然沒有特別一起慶祝生日，卻也發生了這件算是過上了農曆生日的小插曲。

想起當時的事，白尚熙不禁輕笑。隔天在公司裡碰到徐翰烈的時候，他對著自己從頭到腳掃視了一遍，似乎對於自己沒穿戴任何他送的生日禮物感到頗為失望。儘管他試著隱藏，那飽滿的下唇還是微微翹了出來。白尚熙朝徐翰烈困惑揚眉時，他直接擺了個臭臉。

當白尚熙把車鑰匙交給他，告訴他這個你忘記帶走了，他是怎麼說的？

『這麼快就忘記我說的話了？凡是我給的東西你只管收下就對了。』

徐翰烈把白尚熙還給他的鑰匙狠狠丟了回去。待徐翰烈離開，楊秘書問白尚熙說昨天不是你生日嗎，他才終於搞清楚狀況。太過訝異，一時愣住的他後來在原地笑了好半晌。這已經是好幾個月前的事了，然而每當他不經意想起，總會有股按捺不住的心癢難耐。

「實在是……」

無奈搖著頭的白尚熙把車開了出去，臉上深邃的微笑遲遲未散。

他在前往飯店的路上打電話給徐翰烈。漫長的撥號音連綿不斷地持續著，始終沒聽到等待之中的聲音響起，只有您所撥的電話無法接聽的語音。他還沒下班嗎？但除非是在開會，不然他也沒有理由不接電話。或許他已經到了飯店，正在洗澡或不小心睡著了也說不定。白尚熙又嘗試撥打了幾遍，電話還是不通，他於是放棄，加快了行駛的速度。

將車子停妥在停車場，白尚熙隨即上了樓，一進客房就看見隨意掛在沙發上的衣物。果然如他所料，徐翰烈應該是先來這裡等他了。不曉得是不是在睡覺，白尚熙沒感覺到什麼特別的動靜。

白尚熙朝房間內移動腳步，臥室沒開燈，整片的黑。開了燈查看，收拾得整整齊齊的床鋪上沒有人逗留過的痕跡。他是在浴室裡嗎？但是剛才經過的時候也沒聽見什麼聲響。

白尚熙轉身走向浴室。開關處顯示內部的燈是亮著的，裡面卻沒有傳出應該要有的水聲。猜想著對方或許真的在裡面，白尚熙毫不猶豫地打開了門。困在浴室裡的空氣一湧而出，熟悉的香氣也跟著撲面而來。然而徐翰烈人卻不在這裡。淋浴間裡只氤氳著滿滿的水氣。

白尚熙感覺到強烈的不對勁，只見浴室裡的景象一片狼藉。蓮蓬頭長長地垂落在地上，洗衣籃也是翻倒的狀態。總是用固定方式擺放整齊的毛巾也變得東倒西歪。

白尚熙臉部驟然僵硬，心中升起一股不祥的預感。

「……」

他一邊離開浴室一邊再次撥打徐翰烈的電話。手機那頭傳出撥號音的同時，同時響起了一陣震動聲。聲音就在不遠處。白尚熙本能地尋找著那微弱聲音的來源，探尋的腳步在沙發前停了下來。他拿起徐翰烈掛在沙發靠背上的衣服翻找，正獨自震動著的手機陡地被翻了出來，掉落在座位上。衣服和隨身物品都丟在這裡，徐翰烈到底是跑去哪了？

仔細地推敲著，白尚熙再度拿起手機，畫面裡迅速地翻出了楊秘書的電話號碼。沒有誰會比他更清楚徐翰烈的任何動態。

通話撥號音再一次響起。白尚熙只覺得那聲音聽起來格外地冗長。不知道到底等了多久，從某個地方傳來了微微的鈴聲，與他手機裡的撥號音幾乎是同步的頻率。

白尚熙順著那道聲音慢慢轉過身來，游移的視線徘徊在門口。從外頭傳來的鈴聲頓時停止，白尚熙的耳邊接著響起電話無法接聽的語音提醒。他放下手機，盯著那道安靜無聲的門扉。

感應門卡解開了門鎖，喀噠一聲，門便開了，有人進了客房。因專注而變得狹窄的視野裡一下子出現了楊秘書的人影。楊秘書似乎沒想到會在這裡碰到白尚熙，被他嚇得肩膀抖了下。原本急促的腳步戛然止住。

「池建梧先生？您怎麼會在這裡……」

「我和代表約好了要見面，但是他不知道去哪了，電話也不接。」

白尚熙稍微舉起徐翰烈的手機示意。被嚇了一跳的楊秘書面色已然恢復平靜，兩隻眼睛卻一直死盯著白尚熙的手看。

「我擔心是不是發生了什麼事，想說打給秘書您問看看，結果卻被您拒接了。」

白尚熙直視著楊秘書的同時，故意放慢語速地解釋著。楊秘書態度堅定地迎上他帶著諷意的眼神。

「我怎麼會拒接呢，是正要接起來的時候電話剛好就斷了。」

聽見對方厚臉皮的狡辯，白尚熙不發一語地抬高了眉毛。面對滿是質疑的視線，楊秘書毫不屈服。

「您今天還是先請回吧。徐代表有急事，沒辦法過來這裡。」

「那您至少告訴我是發生了什麼事吧？」

「是他個人的私事。能請您把手上拿著的手機還給我嗎？」

白尚熙低頭，沉默地看著徐翰烈的手機，隨後順從地要把它交給楊秘書。就在楊秘書伸出手要接的瞬間，白尚熙唰地抬起了手。楊秘書皺著眉頭，對他那宛如惡作劇般的行為提出抗議。

「池建梧先生，您這是……」

「是有多要緊的事，浴室會那樣亂成一團，連外套也沒穿好人就走了呢？」

「我說過了，這是徐代表的私事，我認為沒有必要向您解釋。」

楊秘書再次伸出手，對白尚熙說著「請給我吧」，見白尚熙不肯乖乖答應，他不再掩飾地嘆了口氣。

「這真的是不關池建梧先生的事。」

「那也要我先聽過才能確定。」

「沒什麼好聽的，就只是單純的家務事而已。」

楊秘書劃清了界線。就算是交往中的戀人也不能插手對方的家務事，更別提性伴侶。況且在楊秘書眼裡，他可能連性伴侶都算不上，或許只是個簽了鉅額契約的高級男娼。

白尚熙嗤地，發出了一聲洩氣的笑。

「還真是讓人無話可說呢。」

低聲喃喃自語的白尚熙聽話地交出了手機，楊秘書飛速地一把奪過。

「這段期間可能會暫時無法聯絡，徐代表現在沒空去管這些瑣碎的小事，就請您等他再次跟您聯繫吧。」

交待了這麼一句的楊秘書說著「那麼告辭了」，彬彬有禮地點了個頭便轉身離去。白尚熙怔忡地站在原地，任他自行關門離開此處。直至對方的腳步聲完全消失，他才噗通地癱坐在沙發上。意想不到的事情或意外隨時都可能發生，多的是比區區約會還重要的事。白尚熙經歷過無數次被人單方面爽約的情況，他已經免疫了。除了有點小失望之外，他並不覺得怎樣。

偏偏他就是一直對徐翰烈放心不下。楊秘書都已表明了這不是他該操心的事情，他卻無法照單全收地相信。情況再緊急，徐翰烈也應該會通知他一聲說今天不要過來了、下次再約之類的。就算他們純粹只是贊助包養的關係，按照道理來說也是會這麼做。別說是知會他一聲，徐翰烈連隨身物品都沒能帶上就匆匆趕去處理的事情到底會是什麼？八成不是什麼好事。

原先暗自亢奮的心情此刻跌落谷底。仰靠在椅背上的頭顱往旁一撇就看到了徐翰烈的衣服。他伸手一把扯過衣服蒙在自己臉上。深呼吸，徐翰烈的味道便直衝肺腑。白尚熙一方面感覺到心頭的悸動，同時亦有一股不知名的無力感籠罩住他全身。

✳

朦朧之中睜開了眼，首先傳進耳裡的是加濕器的聲音。寢具硬梆梆的手感和特別沉重的空氣讓徐翰烈了解到自己現在身在何處。他又被送到醫院來了。眼前一片模糊，他闔上眼簾再次張開。稍微變得清晰的視線裡看見了正好進房的楊秘書。一對上他的眼，楊秘書馬上問道：「您醒來了？」

「我在這裡躺多久了？」

他發出的聲音嘶啞，顯得可憐兮兮。聽到楊秘書回答說過了約半天左右，內心竟是先產生了「那白尚熙應該已經回去了吧」，這種令徐翰烈自己都感到荒謬的想法。

由於心跳過慢，徐翰烈從一早就沒什麼精神，洗澡時突然感覺到一陣暈眩。他好不容易扶住牆支撐著身體，後背卻開始冷汗直流，呼吸急促，就連要好好站立都很困難。徐翰烈的意識變得迷茫，就這樣倒在了地上。幸虧楊秘書替他帶了要更換的衣服過來，不然真不知道後果會是如何。

徐翰烈一到醫院就進行了各項檢查，也服用了藥物。他記得自己在脈搏逐漸恢復正常狀態時昏沉沉地睡了過去。他並不是非常確定，但感覺在睡夢之中依稀聽見了徐會長和徐朱媛的聲音。徐翰烈環視著病房，尋找那兩人的蹤跡。

「兩位暫時去見醫生了。」

楊秘書機靈地主動告訴了他答案。徐翰烈點點頭，長嘆了一口氣。想必那兩人回來之後一定又要狠狠唸他一頓了。

「扶我起來一下。」

楊秘書動作熟練地立起了病床的上半部，還塞了個枕頭讓徐翰烈能夠坐得舒適。只不過是挺著腰坐起身而已，徐翰烈的頭就暈了。他閉上眼睛，等待那股暈眩感消退。

「您再繼續躺一下……」

「不用，腰好痛，沒辦法繼續躺了。我的手機呢？」

楊秘書從外套口袋裡掏出手機遞給他。手機是關機的狀態。

「送您來醫院之後，我回去拿您的隨身物品時發現池建梧先生正在那裡。」

徐翰烈一邊聽著他報告一邊開啟了手機電源。未接來電的顯示欄裡滿滿的全都是白尚熙的名字。他擔心了嗎？

「我有先解釋說您是因為家中私事所以走得匆促。」

「很好。我再說一次，不要讓他知道……」

徐翰烈的囑咐還沒說完，走廊上一陣騷動，接著門就開了。徐朱媛攙扶著徐會長走進了病房。見到徐翰烈已經醒來，她眼中有些驚訝。然而兩個人卻是什麼話也沒說，只不約而同地發出了深深的嘆息。

徐朱媛將徐會長扶到了對面沙發的座位上，還從包包裡拿出了喝的遞給他，才向徐翰烈確認他的狀況。

「感覺怎麼樣？」

「每次都一樣啊。感覺快要死了卻又活了過來，要不就是沒事好端端的，突然又快要不行了。」

徐翰烈答得倒是極為輕鬆。徐朱媛不滿地瞪著他那副無所謂的模樣，再次嘆了口氣，原本端整的頭髮也被她粗魯地用手梳至腦後。他們似乎正面臨了一個無解的問題。徐會長也低聲地咂著舌，不置一詞。天底下只有一道難題會讓他們倆如此憂愁。

「怎麼了，醫生說我時間不多了嗎？」

「徐翰烈，你幹嘛老是在爺爺面前口無遮攔的。」

「沒有啊，誰教你們兩個一副聽見了我死期的模樣。」

都這時候了，徐翰烈還在哂笑著裝沒事。徐朱媛忍不住搖頭，望向了徐會長。

「爺爺。」她凝重的嗓音正在徵求某種同意。只見徐會長閉著眼，慢慢點了點頭。

徐朱媛又向後撥了下頭髮，見她露出這種表情，假如有菸的話，徐翰烈實在很想拿一根給她。徐朱媛舔著乾澀的嘴唇，慎重考慮許久，好不容易才終於開口：

「醫生建議要做移植手術，他說你那顆心臟用了三十年已經撐得夠久了。」

「不是從以前就常聽他們這麼說了嗎？」

「醫生這次是在警告了，不是建議。他說你最近發作變得頻繁也是因為心臟機能無法發揮感到吃力了才會如此，再這樣下去心臟隨時有可能會停止運作的。」

「動手術吧。」

一直保持沉默的徐會長也在這時附和了一句。徐翰烈臉色驟然冷峻了起來。迄今為止，徐會長還不曾直接開口勸他去做手術，以前的徐會長對於沒把握的事壓根不願多看一眼。尤其多年前差點在手術中失去自己的寶貝金孫之後，更是連想都不敢想。這樣的他現在卻宣告要讓徐翰烈去動手術。徐會長一旦下了決定的事，終將成為現實。就算是徐翰烈也不得不聽從他所下的指示。

但是徐翰烈還沒做好準備。

「您不是答應說要等我的嘛？那時說好要給我兩年的時間，現在還有八個月呢。」

徐翰烈試圖自行提出抗辯。然而，無論是徐會長或徐朱媛，都不見分毫退讓之意。眼前彷彿突然矗立一堵堅實的高牆，令他不知該從何下手才能夠將其鑿穿。鬱悶的徐翰烈在喘口氣之後改變了手段。他改用理性的方式呼籲。

「現在臨時要上哪找心臟來移植給我？光是排在等候名單裡都已經過了幾年了，您難道都忘了嗎？」

「可以在尋找捐贈者的期間先做切除手術，然後如果在復原的過程中有找到合適的心臟，到時候再進行移植。」

對一個光是要麻醉都不容易的人，這兩次的手術是否講得太過簡單容易了。徐朱媛態度十分冷靜，這次是鐵了心不打算讓徐翰烈矇混過關的樣子。徐會長也用沉默表示了他對徐朱媛的支持。徐翰烈一雙眼睛裡高漲著排斥的情緒。

「所以說到底是什麼時候要手術？」

「當然是越快越好，心臟……假如無法利用正常的渠道取得，我會想辦法透過別的管道來尋找，這你不用擔心。」

徐翰烈氣到放聲大笑。

「妳想把某個不知從哪急忙取出來的東西放進我的身體裡？畢竟不是徐社長的事，感覺非常簡單是吧？」

「別酸了，我現在腦袋也是一團亂。」

「我看妳乾脆叫我去死好啦，就不用煩惱這些有的沒的事情，直接死一死比較快。」

「現在講這些就是為了要讓你活命不是嗎？你說話就一定要這麼難聽？」

「不要再吵了。」

徐會長阻止了忙著針鋒相對的姐弟倆。這個問題確實敏感。徐朱媛是無論如何都要救活自己的弟弟，而徐翰烈則是無論嘗試何種方法都必須做好死亡的覺悟。就算他之前曾經看開一切，接受自己隨時可能斷氣的命運，不代表他就能永遠如此毅然決然地面對死亡。人生本來就是一連串自相矛盾的過程。

「不是說我的心臟已經不堪使用了嗎？難道稍微修整心肌，就能恢復它消失的功能？」

徐朱媛無法回答他。移植前的切除手術只是從使心臟收縮的肌肉當中切除畸形的部份而已。這種方法能將心臟原本不正常的收縮運動提升至正常水準，以藉此減輕心臟的負擔。但是在心臟本身狀態不佳的情況下動這個手術，究竟能獲得怎樣的效果，虛弱的心臟能否能承受這樣的手術過程，這些都無法預測保證。為了生存，移植手術不能再繼續拖延下去，不過前提是事前的切除手術必須先成功才行。目前最大的挑戰就是要順利平安地撐過這兩個手術。在美國第一次嘗試開刀的時候，情況還沒有到如此危急的地步，各種煩惱擔憂加起來的恐懼加重了他的病情。

「翰烈你現在一定很難下定決心，不過，去嘗試一些困難的事情，至少比什麼都不做，只是一直等待著死亡的那天來臨還要來得好不是嗎？既然感覺快死了，就要抱著必死的決心放手一搏。你這年紀輕輕的小伙子，不願意拚命奮戰到最後一刻也就罷了，還敢在爺爺面前說出你要先走一步這種話。只要你還留有一口氣，這世上就沒有你得不到的東西！……沒出息的傢伙，反正我是絕對不能接受你比我早走一步的，你給我記清楚了。」

徐會長堅定地表達完自己的意志之後便站起身，徐朱媛趕緊過去攙扶他。

異常的安靜使得徐會長在走出病房之前忽地回首。徐翰烈正咬住下唇壓抑著怒氣，彷彿與死神拼搏過的慘白臉龐醒目地映入了眼簾。這項決定分明是為了他好，卻因此傷到了他的心。每當必須為了這種事和徐翰烈較勁的時候，總是令徐會長不勝唏噓。

「我會再給你一點時間，不過等不了太久，有什麼要處理的事就趕緊收尾吧。」

徐會長或許是心軟了，給他稍微留了些餘地。徐朱媛立刻叫了一聲「爺爺」，企圖提出反對。但徐會長不再多言，直接走出了病房。徐朱媛猛地回頭，瞪著徐翰烈，眼神像在威嚇他說這次絕不會就此輕易罷休。

「妳走吧，我要休息了。」

徐翰烈神色不耐煩地推著她的背。徐朱媛迫不得已只好離開，走前還看了楊秘書一眼。楊秘書畢恭畢敬地頷首完才關上了門。

徐翰烈不爽地向後仰頭。儘管這件事沒什麼好生氣的，他還是怒火中燒。明知他們是為了自己才做出這種決定，仍是無法平息那股竄升的惱怒感。

無意之中，望見窗外被風吹來了幾片花瓣，輕飄飄地在空中碰撞飛舞著。要不是發生了這種事，自己應該可以無憂無慮地和白尚熙去賞花的。徐翰烈想著自己是哪根筋不對才會懷有這樣的期待，居然想跟白尚熙一起去賞花，說不定就是因為有了非分的奢望，身體才會出紕漏。半點狗屁運氣都沒有的傢伙，竟敢如此癡心妄想。

猝然間噴出的嗤笑聲讓楊秘書傻傻地望向徐翰烈。徐翰烈顧不得他的視線，自嘲地罵著髒話發洩。都已經是攸關生死的局面了，還在為了沒能去賞花而感到遺憾，他這該死的人生真的是爛透了。徐翰烈不明白自己為何事到如今仍總是感到心有不甘。

✳

『……是說已經很了不起了，連開個車都怕得半死的人，還能想得到要畫圖來養活自己。』

徐翰烈正在觀看上傳到入口網站的宣傳影片。這是他出院後的第一個工作。不過是休了一個禮拜，就已經累積了數不清的待辦事項要他處理。因為白尚熙的電視劇收視率再創新高，連日成為時下的熱門話題。

《按照神的旨意》雖然在開播後逐漸步上軌道，但直到最近才終於獲得爆炸性的迴響。上傳至入口網站的那些片段中，白尚熙出現的場面觀看次數特別高，尹羅元差了他一大截，根本無法與他相比。白尚熙與那些擁有廣大粉絲群的偶像一樣，排名經常位居上位圈。

駕駛訓練的這集播出後，網友延伸發明了各式各樣用筆來完成的肢體接觸，並且大量的轉發分享，甚至還因此出現了「筆桿之吻」這樣的特殊名稱。

自從《引力》上映之後，源源不絕的工作邀約更是接二連三地湧入。開播初期焦點放在主角尹羅元和韓再伊身上的那些訪問和畫報拍攝也都改成以白尚熙為主。他的身價在一夕之間暴漲，想要聘請白尚熙擔任一年期間的專屬代言人，最少也要拿出五億的簽約金來。電視劇要是就這樣順利播映結束，價格還會再繼續翻倍，爆紅一詞屆時將不再是與他毫無關係的形容。

徐翰烈關掉看完的影片，嗤地笑了笑。

「……還真是，就說他天生具有吸引女人的能力嘛。」

白尚熙那段表演並非單純的即興發揮，而是由內而外自然散發出來的氣場，所以不會讓人有虛假做作的感覺。單就博得女性好感的行為表現來說，應該沒有其他演員能夠凌駕在他之上。不對。徐翰烈想到了自己——看來受他吸引的對象似乎不侷限於女性。

徐翰烈瀏覽完新簽訂的幾份合約，把文件整理至一旁，接著忽然把白尚熙的專屬合約拿出來看。上面明定的兩年期限即將在不久之後屆滿。但徐翰烈不曉得徐會長還願意等他多久，更難以預估自己的身體能堅持到什麼時候。他很有可能撐不到包養合約的兩年期限。

無論如何，待合約期滿之後，白尚熙的下一步將由他自行決定。他的未來將不同於以往，會有眾多選擇，也將得到適當的待遇。就算徐翰烈能夠安然無恙地活到那時候，他也沒有藉口再將白尚熙留下。假如白尚熙到時候仍然拒絕，自己有辦法就這樣放手嗎？說不定會逼著他就範，堅持拖他一同下水，或許會產生既然得不到就毀了他的想法，不惜使出下三濫的手段。

徐翰烈有時也不明白自己究竟對白尚熙執著到了何種程度，以及如此癡迷的根源為何。

他搖搖頭，甩開那些片刻萌生的雜念，闔上了合約書，放回原本的位置。恰巧就在這時候，安靜無聲的手機突然響起。是白盈嬅的來電。徐翰烈只是垂眸盯著震動不停的手機，並沒有馬上接聽。通常響得久了對方會自動放棄，然而白盈嬅卻持續地嘗試與他通話。要是真有緊急的要事應該早就聯絡楊秘書了，這一定是什麼雞毛蒜皮的無聊事。儘管不耐煩，徐翰烈最後還是按下了通話鍵。

「有什麼事嗎？」

徐翰烈用一如往常的語調接起了電話，白盈嬅也語氣尋常地問候他吃午餐了沒。

「當然吃了啊，現在都幾點了。妳特地打來就是要問這個？」

「沒有，就是順便問一下。你才剛出院就去上班，所以有點擔心你的身體狀況。不是應該在家多休息幾天嗎？事情吩咐下面的人去辦就好。」

「在家哪有辦法休息？家裡淨是些愛囉唆的人。」

「會長他去了江原道的別墅，說會休息幾天再回來。朱媛要到海外出差，凌晨就去搭飛機了。家裡這幾天都不會有人，所以我才打給你，讓你回來好好休養一下。看你這段期間忙著工作，身體消瘦不少，可以回來吃些滋補身體的東西。」

白盈嬅表現得很是親暱。這是因為徐翰烈接受了她，沒有義正辭嚴地與她劃清界線的關係。像她對徐朱媛就不是這種態度。其實徐翰烈壓根不在意白盈嬅是否有擺出女主人的架子，白盈嬅怎麼對待別人與他何干。但既然她用彷彿願意奉獻一切的態度對待自己，自己何必要推開這份善意。況且，三年前白尚熙派人來向徐翰烈求助的唯一藉口，就是因為他和白盈嬅同住一個屋簷下，若非如此，白尚熙應該這輩子都不會有理由來找徐翰烈。

「嗯……我再看看，要回去的話再跟妳聯絡。先掛了，我有工作要做。」

「知道了，工作雖然重要，還是要優先照顧好身體。」

白盈嬅直到掛電話的最後一刻都在惦記著徐翰烈的健康。徐翰烈向後仰靠在椅背上，下意識地敲著手機。一個如此和藹親切的人為什麼對自己的親骨肉卻是這麼冷血無情？還有，一同繼承了這種母親血脈的妹妹們，對於白尚熙來說又會是何種意義的存在？

「……」

一時冒出了許多疑問的徐翰烈從抽屜拿出了平板電腦，點開了存在裡面的某個文件檔案。這是之前文成植交給他的錄音紀錄。裡面只有文字內容，無法感受到說話者的語調、語氣、口吻和情緒。儘管如此，徐翰烈還是能確定當時的白尚熙和他平常的表現沒有什麼不同。證據就是尹羅元揮拳之前罵的那句話──『動不動就無視別人。』其實錄音紀錄裡都是尹羅元在說話，白尚熙幾乎全無反應。直到尹羅元開始對白尚熙的妹妹進行言語性騷擾時，情況才有了轉變。當著他的面侮辱他的母親或辱罵他本人，他都能堅定不移、不動如山，唯獨對年幼的妹妹們受到譏諷一事無法置之不理。

要是將這整件事情曝光，反而是尹羅元這方較為不利。某位足球選手的軼事就是前例：有名球員在比賽中因毆打對手而引發非議。他這種沒有風度修養的行為使得輿論一陣嘩然。他在事後說明了當時的情況，解釋說由於對方選手言語侮辱了自己的姊姊，所以他才會忍不住發火，並鄭重地向社會大眾道歉。雖然沒有人贊同他這樣的行為，但人們一致認為換做是自己的話，也會做出和他一樣的舉動。

何況就連法律也會酌情裁量，將犯罪的動機一併納入考慮，白尚熙不可能不知道這一點。但他為何還是始終保持沉默？是不是害怕在揭發真相的過程中，會暴露贊助商的存在或過去的那些經歷？不對，這些都和尹羅元的母親孫慶惠脫離不了關係，尹羅元再怎樣窘迫，應該也不可能把他母親給牽扯進去。至於白尚熙的其他客人，也不至於特地出面證明他當牛郎的那段過往。即使在完全有利的情況下，白尚熙仍是甘願選擇自毀前程。或許他認為一旦開了口，引發輿論是在所難免的，就連面對律師他也一概閉口不談。畢竟想要證明他行為的正當性，就必須把尹羅元說的話毫無保留地公諸於世。沒想到，到頭來會是這樣的緣故——白尚熙只是為了保護那兩個想和他劃清界線的親妹妹們而已。至於為何他的犧牲最終無法得到一個圓滿的結果，這又是另一個問題了。

細細思索的徐翰烈立即給某人撥打了電話。才響了兩聲，撥號音就停了下來，

「喂？」接起電話的嗓音裡摻著一絲懷疑。

「白女士？是我。」

「喔，翰烈啊，有什麼事需要我幫忙的嗎？」

「就按照白女士說的，今天我想要回家一趟。」

徐翰烈幾乎未曾主動打電話給她，更別說是乖巧地聽從她的提議。「好。」白盈嬅更加放軟了語氣。

「這樣想就對了。有沒有什麼想吃的？我先幫你準備一下。」

「……沒有，但是我想帶一位重要的客人回去。」

徐翰烈斂眸看著他的平板。上面仍顯示著那份錄音紀錄。

「請做好周全的準備，好好地款待人家。」

✳

在工作差不多結束之際，徐翰烈的內線電話響起。

「池建梧先生來了。」

「請他在外面稍等一下，我馬上出去。」

他簡單地交待完便關了電腦，稍微整理了一下座位，拿起外套走出辦公室。一開門，不僅兩位秘書，白尚熙和姜室長也都從位子上起身迎接。「您來了」，徐翰烈對著點頭敬禮的姜室長問候了一聲，同時感覺到白尚熙那道如針扎般的目光。徐翰烈一朝他移動視線，眼神就完完全全地對上了他的。自從徐翰烈單方面毀約之後，這是他第一次見到白尚熙，期間兩人也沒有另外聯繫過。是因為這樣的緣故嗎？白尚熙一副像是要把人給拆解了似的，正仔細地端詳著徐翰烈。

「姜室長可以先下班了，秘書們也是。」

聞言，原本想跟在身後的楊秘書露出迷惘的表情來，姜室長也用眼神向白尚熙詢問著理由。不過白尚熙同樣露出不明所以的樣子。

徐翰烈沒有做任何多餘的解釋便離開了秘書室，行經白尚熙身邊時還撇了一下頭，要他跟上。楊秘書和姜室長的目光於是自動落在白尚熙身上。白尚熙來回看著那兩人，只留下一句「再聯絡」，就默默地跟著徐翰烈走了。

先行離開的徐翰烈正站在電梯前方。白尚熙走近他身邊，手掌從後頸向下輕撫他的脊樑。透過那層輕薄的襯衫能夠如實感受到他後背和腰部的線條。突如其來的觸碰讓徐翰烈縮了一下，同時瞅著白尚熙看。

「你又生病了？」

「幹嘛每次都這樣問，我是什麼病人嗎？」

「因為我感覺你好像又變瘦了。」

「是衣服的關係啦，不同的剪裁穿起來身形也會變得不一樣。」

「是不是衣服的關係，待會就知道了。」

這句話怎麼聽起來像是就快要被他扒光似的，或許是因為那雙緩緩轉動的眸子正不斷地掃視著徐翰烈身體的每一個部位。白尚熙完成了他第一回合的探索，手掌扶在徐翰烈腰部，大拇指輕輕地摩挲著。徐翰烈拍掉他的手，警告他「這裡是公司」。白尚熙一點也不在乎，直勾勾地望著他的右側臉頰。

「聽說是因為家裡私事所以才放我鴿子，連跟我聯絡一聲的時間都沒有？」

「就、一時忙得暈頭轉向的。」

「是多緊急的私事，會手機也沒帶，一整個禮拜都無法聯絡？」

「是我們家老頭，他狀況很不好，我還以為這次真的要幫他辦喪禮了。」

雖然是亂掰的藉口，卻又極為接近真相，讓人沒有機會看穿這個謊言。白尚熙點點頭，似乎大致上接受了這個說法，隨後手指無聲無息從徐翰烈的手臂內側下滑，直到掌心相觸，遂與徐翰烈十指交扣。

「那要不要今天去看看？應該還有一些櫻花還沒謝。」

「先不管那個，你還沒吃晚餐吧？」

「要去吃飯？」

「我們大演員最近表現得這麼好，要給你多補充一些營養啊。」

徐翰烈笑得像是有什麼愉快的事情正在等著他。電梯恰好在這時抵達。徐翰烈邁著大步入內，白尚熙卻沒有迅速跟上，兩人交握的手因此鬆了開來。

白尚熙站在電梯外，用看陌生人的眼光望著徐翰烈。畢竟徐翰烈此刻的態度和平常可說是大相逕庭。他看起來心情如此愉悅，似乎還有些興奮，令白尚熙差點都要忘了聯絡不上他的那段期間自己有多麼擔憂。

「你在幹嘛，還不進來？」

徐翰烈催促著呆杵在原地的白尚熙。白尚熙這時才走進電梯裡。徐翰烈自然地放開了按著開門鍵的手。白尚熙直行的腳步沒有停下，兩人距離驟然拉近。徐翰烈向後退了一點，白尚熙卻繼續朝他逼近。他玩笑般的奇怪舉動把徐翰烈逐漸逼到了角落，徐翰烈的後背最後抵在了電梯內側的牆面上。

「幹嘛？」徐翰烈才剛提出異議，白尚熙的唇瓣就柔軟地落了下來。電梯門甚至尚未闔上。為了阻止他，徐翰烈揪住白尚熙的衣領，但對方毫不介意地捧住徐翰烈的臉，小口地含吮著他的上唇。徐翰烈根本無法集中精神，眼睛越過白尚熙的肩頭緊盯著外面。幸好，電梯門在還沒出現任何人之前就關上了。

徐翰烈敷衍地回吻了一會就想停下，白尚熙卻摸上他的腰，更為積極地吸吮著唇瓣。他似乎想把舌頭伸進去，不停舔著徐翰烈上唇的內側和整齊的齒列。溫暖

又柔和的吐息不斷在人中處凝聚。耳際和後頸開始發燙。然而他們正在共用的電梯裡，隨時可能有人進來。

「等一下……」

徐翰烈在嘴唇分離的剎那撐開白尚熙肩膀，他於是開始啄吻徐翰烈的臉頰和下顎等處，唇瓣最終貼上了徐翰烈的脖頸。身體開始舒服升溫的同時，緊張感也隨之增加。

這時，前往地下樓層的電梯在途中突然減速停了下來。徐翰烈不禁一震，慌忙地要把白尚熙推開。白尚熙卻抓下他推拒的手，嘴唇又湊了過去。他不停張口吮吻徐翰烈豐厚的下唇，完全沒有要分開的意思。很快的，在他身後的電梯門唰地開啟。徐翰烈暗叫不妙，反射性閉上眼。不料，白尚熙的身體瞬間神速地退開。

「哈啊……」

徐翰烈吐出了使勁憋住的呼吸。好險電梯門外沒有半個人影，看來是有人按了電梯卻走掉了。徐翰烈緊繃的身子鬆懈下來，再次鬆了一口氣。白尚熙站在一旁，正默默地注視著前方，好像只有徐翰烈自己一個人在膽戰心驚。他不爽地瞪著這個一點也不懂得謹慎的傢伙，然而對於神經大條的對方來說，絲毫沒有造成任何的威脅。

不一會，電梯門發出運作聲，即將再度關閉。就在兩側門扉閉合的霎那，看著前方發呆的白尚熙立刻轉過身來，徐翰烈沒來得及阻擋，他的膝蓋已經卡進徐翰烈兩腿之間。下巴被扣住，被撬開了嘴，靈活的軟舌擠進徐翰烈隱約發熱的口腔裡。伴隨滋的一聲，徐翰烈的舌頭和下唇一塊被他大力吸吮。白尚熙就像個挨餓許久的人一樣急不可耐。

無措地張著嘴的徐翰烈身體開始發軟，他伸手抱住白尚熙的頭部往自己方向拉。原先老實的舌頭也開始和白尚熙的黏糊糊搓揉在一起。白尚熙扣著徐翰烈下巴的手滑至頸部，靜靜地撫摸他突起的喉結，持續著這個甜美的吻。急促的呼吸逐漸和緩了下來，原先濃烈糾纏、粗魯吸扯的唇瓣更為沉穩地互相撮合。

電梯也在此刻抵達了地下樓層。徐翰烈輕輕拍打著門都開了仍不願分開的白尚熙。

「看來別的地方好像更餓呢。」

白尚熙摩挲著徐翰烈的喉結，懶懶地發出低喃。他的鼻尖對著徐翰烈的耳垂一陣煽情揉蹭，享受著他身上的味道。照這樣發展下去的話，徐翰烈應該也會很快就進入狀況。

「還是先去吃飯吧，空著肚子能幹麻？」

然而徐翰烈終究還是拉下了白尚熙的手，打開正要闔上的門，朝停車場走去。見他態度相當堅決，白尚熙慢吞吞地跟上，問他：

「你是預約了什麼餐廳嗎？」

「算是吧。」

徐翰烈模稜兩可地回答完，下巴指向了某台車。這台也是白尚熙沒看過的車子。假如不是要直接去飯店的話，徐翰烈其實沒有必要親自駕駛，可是他卻自己握住了方向盤，沒讓楊秘書同行。雖然不知道要去哪，白尚熙自行解釋為這是徐翰烈想和他兩個人獨處的意思。

車子離開公司，迅速駛進了大馬路，奔馳一陣子後開進一條小路，繼而出現了個高級住宅區。獨立住宅之間的街道寬敞到無法稱之為小巷子的地步，路面鋪得相當平整，沒有半點輕淺的坑洞。路邊別說是違規停放的車輛，就連行人都很難見到。

徐翰烈繼續在社區裡向前開，車子在這條直行道路的盡頭停了下來。高聳的大門擋在前方，令人難以想像這個場所的真實面目。停車時，門口的感應器辨識到了車牌號碼，半晌，沉重的鐵門便緩緩朝內側打開。

「這裡是哪裡？」

「我家。」

白尚熙一聽，難以置信地笑了。「你不用怕，」徐翰烈一邊把車子開進大門裡：

「家人現在都不在家。」

白尚熙心想，應該不只這個問題，怎麼好像有種趁家長不在時在家裡做壞事的感覺？不對，應該會是更加令人難堪的事情。怪不得他那一副興奮的模樣，看來是在期待著接下來的某個惡質玩笑吧。即便白尚熙有所顧忌，他知道徐翰烈不是會聽從旁人勸阻的個性，也只能搖了搖頭由著他去。

車道兩旁出現了一個修剪整齊的花園，一株株的赤松吸足了養分，針葉散發出濃綠的光澤。沿著茂盛花徑的步道得到了充足的日照，一流的園林景觀和那些對稱擺放的長椅、噴水池、雕像，給人一種置身於美術館或植物園的錯覺。

沿著這條路再走一會才出現主屋。光是從大門口都要走上好一段距離，看起來不必擔心隱私會受到侵犯，外面的人同樣不會知道屋子裡整晚發生了什麼。簡直跟古代的九重宮闕沒有什麼差別。

家門口有幾名傭人出來迎接，車子一停妥便立刻前來替他們打開車門。徐翰烈習慣性地交出方向盤，隨即朝屋內走去。白尚熙這下終於明白他為何車子總是停得那麼爛的原因了。

「怎麼現在才來？」

白尚熙正要踏進玄關之際，聽見了一道似曾相識的嗓音。他呆呆地抬起頭，就見到出來迎接徐翰烈的白盈嬅。明明是在家裡，她不知為何打扮得相當慎重。白盈嬅遲了一些才將目光投向徐翰烈後方，她瞬間愣住，笑容迅速地從她臉上消失。

「……」

「……不是說會帶重要的客人過來嗎？」

白盈嬅看向徐翰烈，彷彿在要求徐翰烈給她一個解釋。徐翰烈嗯了一聲，揚起下巴指向白尚熙。

「他就是重要的客人。」

白盈嬅和白尚熙的目光於是再次相碰。白盈嬅不知所措地板起了臉孔，白尚熙則是不小心笑了出來，琢磨著徐翰烈這齣是在搞什麼鬼。徐翰烈卻忙著斥責著在這股微妙氣氛下反應不過來的幾名傭人。

「有客人來，你們打算繼續在一旁看戲是嗎？」

「啊、不好意思。」

傭人們這時才趕緊接過白尚熙的外套，替他把客人用的拖鞋轉向，擺在方便他穿上的位置。徐翰烈大剌剌地喊著肚子餓，用眼神示意白尚熙跟他一起進去。白盈嫜擋在白尚熙的面前，瞪視著他，雖然一句話也沒說，但感覺得出來是想趕他走。白尚熙直視她那雙盈滿莫名焦慮的雙眼，逕自朝裡面走了進去。

餐桌上擺滿了五顏六色的佳餚，幾乎找不到空隙。每一樣都是極為費工的料理。徐翰烈毫不猶豫地坐在了上位，然後下巴朝白尚熙指了指離他最近的那個位子。白尚熙默默入座，向徐翰烈詢問他的意圖。

「你這又是在開什麼玩笑啊？」

「我不是說了嗎？要讓你補補身子。」

徐翰烈立刻接著說了句「請準備開飯」，輕點著頭的傭人們安靜並且有條不紊地動作著，端來了熱騰騰的白飯和熱湯放在只準備了菜餚的餐桌上。看起來極為美味的主菜也陸續上了桌。

「我們白女士的廚藝真的非常好，就連一般的大廚都要退讓三分呢。最近池建梧先生對於公司銷售額的成長貢獻良多，當然要盛情款待一下。」

徐翰烈瞄了一眼白尚熙的餐具，一面說著「請用吧」。白尚熙卻只是凝視著他，似乎想解讀他居心究竟為何。「快點呀。」徐翰烈還溫聲催促著。

白盈嫜大約在這時走進廚房，她的表情已不像在玄關時那麼僵硬，但也沒有露出對待陌生人的那種商業性的微笑。

「食物味道還可以嗎？」

白盈嬅的視線直直地投向了徐翰烈。

「這種事不該問我，應該要問客人才對啊。」

徐翰烈嗤地笑著，朝白尚熙看去。

「池建梧先生，餐點的味道如何呀？」

見到白尚熙一臉莫名其妙的樣子，徐翰烈露出一個更加壞心的表情。

「不管怎麼說，就算是同樣的東西，家裡精心製作的料理吃起來還是跟外面賣的不太一樣吧？這大概就叫做，有媽媽的味道？」

「……」

「……」

徐翰烈這番暗諷的話，沒有半個人笑得出來，他自己卻不知道在開心什麼，嘻嘻笑個不停。

白盈嬅要他「多吃點」，說完便移步至烹飪台，背對著白尚熙開始削起了什麼東西。她穿著乾淨的圍裙站在廚房的身影，只讓白尚熙覺得無比的陌生。

白尚熙終於拿起筷子，先塞了一口剛煮好的飯，尚未咀嚼，米飯的可口香氣就已經充斥在嘴裡。白尚熙驀地想起了小時候挖著鍋底乾巴巴的飯粒的回憶，咬下一口徐翰烈親自遞過來的煎餅時，想到了抱著零食在寒風中發抖的白言熙。

徐翰烈一心專注在白尚熙的反應上，「怎麼樣？」他再次問道。白尚熙面對著一臉無辜因此更顯殘忍的他，嗤地笑了笑。

「好吃耶。」

他一抬起頭，便看見了仍站在烹飪台前的白盈嬅。白尚熙對著那冷漠的背影又補了一句：

「感覺非常溫暖。」

原來，妳過的是這樣子的生活啊。轉眼，白尚熙的臉上已沒了笑意。

✳

吃完飯後，白尚熙來到了徐翰烈的房間。徐翰烈說他想洗澡，馬上就跑進浴室裡，於是剩下白尚熙自己一個待在房內。他雖然是第一次來，卻不感到陌生。整體黑色調的裝潢，比起澎軟更偏硬實的床墊，那些無把手的系統式傢俱和小擺飾，他全部都相當熟悉。空氣中浮動的香氛味也舒適得就像在他自己家一樣。

唯一奇妙的一點是，這裡沒什麼個人物品。更準確地說，這裡找不到留有歲月的痕跡或能感受到成堆回憶的那種東西，例如一整排的專輯唱片、看過很多遍的舊書，或古老的玩具之類的。是因為他長期在國外生活的關係嗎？這裡竟然連一張照片都沒擺。

白尚熙正在環顧著這個極度缺少了什麼的私人空間，忽然傳來敲門聲。他沒有應聲，只是回頭看著門口。門很快地打開，白盈嬅走了進來，手裡捧著裝了紅酒和起司水果等食物的餐盤。這些是在飯後徐翰烈請她送來房裡的東西。

「……」

「……」

白盈嬅不發一語地注視著白尚熙，隨後把送來的餐盤放在旁邊的桌子上。白尚熙也無所謂地背過身，隨手把陳列在一旁展示櫃裡的 CD 抽出來看。

「這是怎麼回事？」

白盈嬅的聲音從背後響起。

「什麼怎麼回事？」白尚熙頭也不回地直接應道。

「我在問你今天怎麼會跑來這裡。」

「難道會是我拜託他帶我來的不成？」

「就算是翰烈慫恿的，你也不應該真的跟來啊。」

白尚熙都還沒回答完，她就直接開口訓斥。白尚熙這會才轉頭看向白盈嬅，神情顯得相當詫異。

「為什麼？」

「什麼叫為什麼？」

「有誰規定我不能來這裡嗎？」

「你有什麼理由來這個地方，你以為這裡是哪裡可以讓你隨意進出？要是有長輩們在的話你要怎麼辦？」

「長輩們……我有什麼理由不能和那些人碰面？」

「你說的那是什麼話……」

「因為妳會變得很尷尬？」

白盈嬅閉口不答。白尚熙隔了一會才又補充了一句，嗓音充滿了諷意：

「我管妳會不會為難。」

「什麼？」

「我們之間哪還有那種情分可言啊？」

白盈嬅依舊無話可以反駁，她只是靜靜地深吸著氣，怒瞪著白尚熙而已。白尚熙也直接迎視她的目光，沒有迴避。

就在這時，浴室的門咔噠地打開了。一個不留神，徐翰烈已經沖完澡，裹著浴袍走了出來。他一走近，瞬間帶來大量的濕氣和那一抹特殊的香味。他興致勃勃地來回打量著僵持中的兩人，在椅子上坐了下來。

「白女士，客人今天會留宿一晚再走。」

徐翰烈一邊在空酒杯裡倒入紅酒，語氣十分尋常地告知她這個消息。出乎意料的發言讓兩人同時看向徐翰烈。

「翰烈啊！」

「妳不用特別準備什麼，我只是跟妳說一聲而已，也不需要整理客房了，他今天就睡在這裡。」

徐翰烈一臉平靜地丟出了爆炸性的言論。「徐翰烈！」白盈嬅語氣故作嚴厲，但徐翰烈根本不甩她。他只是看著白尚熙，朝浴室的方向撇了撇頭。

「愣在這幹嘛？快去洗啊。」

徐翰烈頭頂上的兩道目光再次交會。白盈嬅皺著眉，微微地搖頭。然而白尚熙還是正大光明地進了浴室。白盈嬅發出了一聲低嘆，似乎因為沒一件順心事而感到煩悶不已。

「翰烈你怎麼可以趁長輩們不在家就這樣亂來呢？」

「我亂來？」

徐翰烈慢慢地複述著白盈嬅一時激動脫口而出的用詞。白盈嬅遲了幾秒才反應過來，露出了說錯話的慌張神色。

「我不是說過了嘛，他是我的客人。都說是客人了，盈嬅小姐憑什麼對他指手畫腳的？」

「我不是那個意思……」

「白部長，」徐翰烈直接打斷白盈嬅，不肯聽她辯解。雖然她經常被這樣稱呼，但這還是徐翰烈第一次這麼叫她。白盈嬅頓了頓，心慌地看向徐翰烈。

「不要隨便踰越妳的本分，人家給妳這麼好的待遇就要懂得感恩啊，怎麼老想著僭越職權呢。」

徐翰烈斯文的提醒讓白盈嬅面色僵硬。他直視著白盈嬅，緩緩嚥一口紅酒，再輕晃著杯中剩餘的液體。像被罰站一般僵立在原地的白盈嬅悄悄捏緊拳頭，嘴唇因羞辱感而微弱地抖動。

「妳要一直站在那裡嗎？……建議妳還是出去比較好喔。」

徐翰烈勸道。

「妳覺得我們會在這個房間裡做些什麼？」

「你也是個懂事的大人了，想必不會在這麼多人的家裡惹出什麼事情來。」

白盈嬅抑制住了怒氣，沉著冷靜地回應。語畢，她旋即轉身，離去的時候還輕輕地帶上門，盡量不發出聲響。假如世人們都能有她這樣的自制力，世界上應該就不會再有暴力犯罪事件發生了。

徐翰烈將杯中紅酒一飲而盡，翻攪著含在嘴裡的液體，細細品嚐了一番才緩慢地下嚥。他忽然看向浴室緊閉的門扉，白尚熙進去好半天了，裡面卻始終沒有傳出水聲。

有些疑惑的徐翰烈再添了一些紅酒，拿著酒杯走向浴室。門沒有鎖。他扳下門把向內推，徐徐地拉開了門縫直至完全開啟。白尚熙就在門後方，衣服也沒脫，兩手撐著洗手台站在那裡。發現門開了，他轉頭看著徐翰烈。不知他是不是剛洗過臉，頭髮是濕的，臉上也還掛著水珠。

「……」

「……」

有好一段時間，他們只是互相凝望著彼此。徐翰烈率先打破了平衡，直接踏進浴室，把手上的酒杯遞給白尚熙。白尚熙順勢接過，直接乾了那杯紅酒。與此同時，徐翰烈的手從他兩側腰際慢慢下滑，滑至上衣底端的手抓住了衣擺，不聲不響地向上掀。白尚熙低下頭，配合徐翰烈替他脫衣的動作。領口的部份扯亂了頭髮，徐翰烈的手指頭穿梭在他髮間，替他撫平整理。白尚熙靜靜地接受他的撫觸，然後攫住他的手腕在內側印上一吻。

「你會不會太惡劣了？」

「這樣不是很好嗎？難得可以來參觀我家，還能久違地吃到你媽親手煮的飯。」

「我感覺像是在接受懲罰呢。」

彷彿一個小小的報復，白尚熙在徐翰烈的手腕內側輕咬了一口。徐翰烈噗哧地笑著，手指在白尚熙筆直的鎖骨上游移來去。

「不習慣見到你媽那種拚命掙扎的樣子？」

「光是看到那張臉就夠折磨人了。」

「你不照鏡子的嗎？你們兩個長得多像啊。」

徐翰烈抬眸看著白尚熙。白尚熙淺淺笑著，追問他「哪裡像了」，臉龐接著湊近。徐翰烈微偏過頭，白尚熙的唇便輕柔地降落在他耳畔。

「她是個野心勃勃的人，比起金錢，她似乎更貪圖日迅女主人的地位。」

徐翰烈把白尚熙循著他頸線一路吻下去的臉龐復又抬起，目不轉睛地盯著他的臉看，然後嘴對嘴輕輕地碰了下就分開。

「我們尚熙如果這方面也能像到媽媽，野心大一點就好了。」

「我覺得已經很大了啊。」

白尚熙在徐翰烈肚臍附近一邊耐心地揉蹭著一邊咕噥道。光是這樣的動作，彷彿就能擠壓出身上的那股熱意。徐翰烈懶洋洋地呼出一口氣，捏揉著白尚熙的耳朵。

「野心大，所以需要花上十年的時間？」徐翰烈問。

白尚熙笑了笑，重新側著頭靠過來。這次他如願以償地吻上徐翰烈。一秒鐘也不願分開的他使勁堵住了徐翰烈的嘴，吻得徐翰烈的腦袋被迫後仰。白尚熙穩穩地托著他的腰，先是把挺翹的上唇小心翼翼地含進了嘴裡。徐翰烈垂眸看著白尚熙對著上唇一點一點地含咬，一副捨不得吃的模樣。當那火熱的舌撬開他的嘴滑進來的瞬間，徐翰烈輕輕地闔上了眼皮。白尚熙的雙掌小心地包覆著徐翰烈的臉蛋，嘖、嘖、甜蜜地輕舔著柔軟的舌尖。這並不是受肉慾驅使的激烈熱吻，而是個莫名平靜卻又深情的吻。宛如搔癢般的肉體接觸讓徐翰烈的睫毛細微地震顫，頸背上浮起了細小的疙瘩。似有若無匯聚在口中的吐息使人發癢。

白尚熙刻意發出吸吮聲，猛力吸了一口徐翰烈的下唇，然後一把將他抱到洗手台上坐著。徐翰烈分開雙腿，好讓白尚熙能夠更加貼近自己。白尚熙靜靜端詳著他近在咫尺的雙眼，撫弄著他柔軟的臉頰。

「我偶然間，得知了你和尹羅元之間發生的事情。」

白尚熙眼中浮現訝異，徐翰烈繼續平淡地道：

「其實和我猜想的沒有太大出入。在了解所有內幕之後，多少也明白了尹羅元為何會對那天的事始終保持沉默，但是你呢？」

「我什麼？」

「儘管我嘗試著想要理解，那也要說得通才有辦法讓人理解啊。你寧願遭受這樣的冤屈也要堅持保密到最後，到底得到了什麼好處？我想了半天，推論出來的結果就只有一種可能……我是覺得很扯啦，現在想想仍覺得荒謬到不行……你該不會只是為了保護你那兩個妹妹？」

白尚熙沒說什麼，但像被戳中要害似地轉移了視線。徐翰烈很是無言地笑了出來。

「真的是這樣？」

「不管是牛郎的工作還是接受贊助商包養，這些都是我自己的決定，尹羅元那小子會不爽發瘋也是因為這件事，沒有必要把那些無辜的孩子也一起扯進來啊。」

「完全就是個傻子啊你，你知道你護成這樣的妹妹是怎麼看你的嗎？」

「如果白白犧牲了什麼那才是傻子。從小就是老二在家裡照顧老么，我則是負責在外面賺錢。這就像是一個無聲的承諾，也算是找到了我們自己的生存方式吧。沒有人教，我卻自然而然地產生了那麼一點點的責任感，假如要我拋下這份義務，反而會讓我感到莫名的內疚。雖然我實在是沒有那個能力帶著她們一起生活，但要是連我都把她們給拋棄的話，真的不知道她們會變成什麼樣子。」

對於他的這些苦衷，徐翰烈也不是不懂。年紀尚小的兄妹們要在沒有監護人的陪伴下生存，他們算是自行擔負起了父母的職責。這也不是什麼經由討論後做出的決定，而是被逼的。與其說是犧牲奉獻，更像是一種謀生的本能；比起親人間的依戀或情誼，更趨近於一種義務感的表現。

「你說是義務……」，徐翰烈重複著白尚熙說的話一邊思考著。

「意思是說，只有一半血緣關係的手足也會讓你產生這種想法就是了。」

徐翰烈望向白尚熙的雙眼裡閃過一抹異樣的光彩，緊接著，他食指循著白尚熙的胸溝直線下滑，白皙的指尖緩緩劃過胸膛，來到塊塊分明的腹肌上。

「你覺得如何？」

「什麼東西如何？」

「我想知道你參觀我家之後的感想。」

「這麼突然？」

「嗯，突然好奇。」

白尚熙企圖揣測徐翰烈的心思，深深地望著他，可是還是猜不出來他究竟在想些什麼。「快說啊？」徐翰烈用一種令他捉摸不透的表情催促他答覆。

「很好啊。」白尚熙這麼答道，除此之外再無其他感想。

「對吧？這個家又大又寬敞，應有盡有，麻煩的事情也都有人代勞。你難道沒有想過嗎？運氣好的話，當年你母親進到這個家的時候，說不定你也有機會一起在這裡生活？」

「沒有，我從來沒這樣想過。」

聽到如此斬釘截鐵的回答，徐翰烈噗地笑了。在肌理分明的腹肌處上下其手的他忽然在白尚熙的臉頰親了一口。

「我無數次有過這種念頭。」

呢喃低語的唇瓣繼而落在了頸側，低醇的嗓音滲入薄薄的肌膚表層。

「最近更是時常有這種想法，想著你和我如果是兄弟的話，會是怎樣？」

徐翰烈用嘴唇輕啄著那道俐落的下顎線直至耳側，「那我應該會這樣子叫你吧」，他在白尚熙耳邊喃喃道：

「哥。」

極其小聲的一聲呼喚，仍是讓白尚熙身體倏地僵硬。白尚熙扣住了在啃咬著他耳垂的徐翰烈的肩膀，稍微推開他的身體。只見徐翰烈用深沉的眼神回望著他。

「這樣的話我們也算是家人了，那你也會對我產生那種沒來由的義務感嗎？」

白尚熙的臉龐頓時詭異地扭曲，雖然蹙緊眉頭，嘴角卻微妙地翹起。

「你真的是……」

「沒錯，我好像真的瘋了對不對？」

沒想到徐翰烈會這樣爽快地承認。

「對，你這樣子不正常。」

「尚熙哥。」彷彿要證明這不是他的幻覺，徐翰烈再度喚了他一聲，撒嬌似地要把白尚熙往他的方向拉。扣著徐翰烈肩頭的那雙手掌使力收緊，下一個動作，白尚熙的唇已經凶狠地欺壓上去，用力到徐翰烈吃痛的地步。

「啊嗯……啊……」

體內被溫柔摩擦著的感受讓徐翰烈忍不住逸出酥軟的呻吟。被白尚熙覆蓋住的身體不動聲色地開展，在模糊的快感之中顫抖。白尚熙的嘴唇貼在徐翰烈敞裸的脖頸上，在被他貫穿的身體裡緩慢畫著圈。擴張得恰到好處的內壁強韌地裹住了性器，向內吸捲。那十分黏糊、高度緊實的收縮讓白尚熙喉頭不住滾動。他抑制著自己越來越粗重的呼吸，舌尖再三鑽弄著徐翰烈的喉結。

當他的手攀上胸口，蹂躪似地搓撚著尖立的乳頭時，徐翰烈挺起了胸部。為了回應他的期盼，白尚熙的雙唇從頸部來到鎖骨，再從鎖骨挪移至胸前丘陵似的突起。不斷吻在乳頭周圍的唇瓣很快地銜住了心癢難耐的小巧肉團。

「呃、呃啊、啊……」

徐翰烈揪著白尚熙的頭髮仰起了頭，沉醉在甜美熱氳之中的雙頰已經泛紅許久。白尚熙親吻著乳尖，囓咬著那一小塊肉團，對著它一番輕吮，再反覆用舌頭去搓弄。熱潮蔓延全身，又暖又癢的，讓徐翰烈的睫毛如蝶羽般撲朔顫動。白尚熙搗弄著肉穴的腰部動作也在此時變得更為深入、更加赤裸。

「哈嗯嗯、哈嗯、嗯！呃啊！」

徐翰烈的呻吟大聲地迴盪在在潮濕的浴室裡。他難得沒有忍住叫聲，猶如忘了外面會有人聽見似地放聲浪叫。在白尚熙劈開肉穴的每一次進入都誠實地發出痛吟。白尚熙同樣也比平常來得更為動情猛烈。徐翰烈輕輕握住他滾燙的耳肉，一陣揉弄，挑動著白尚熙插入的慾望。高溫又富彈性的內壁溫柔地壓迫著腫脹的性器，使他剛抽出的瞬間就想立刻再次進入。隨著鑿打小穴的動作逐漸快速深入，白尚熙的大腿粗暴地摩擦著徐翰烈的臀部，豐腴的臀肉無計可施地不停被壓扁又再回彈成渾圓的形狀。

「嗯、啊、啊嗯嗯、哈呃……再、更用力點、呃！呃啊！」

「……哈啊、哈、你今天、嗯、怎麼這麼纏人？」

「快點、快、啊、啊嗯、哈、啊嗯！」

徐翰烈催到一半，身子無措地癱軟，抽搐性地顫抖不休。每當白尚熙直插最底地挺進，徐翰烈平躺的身體都跟著向上頂，頭部之所以沒有撞到牆面，是因為貼在洗手台的背部形成了止滑的作用。不停在大理石上磨蹭的後背火辣辣地發疼。白尚熙下身不停歇地戳刺著，手掌一邊探向徐翰烈的後背。指尖所到之處皆引起一股微弱的靜電，沒多久便摸到了徐翰烈突出的肩胛骨。他愛撫似地搔癢著那處，唇瓣與徐翰烈的重疊在一起，不緊不慢地拉扯著徐翰烈的下唇肉。白尚熙豎起舌頭分開了徐翰烈的嘴，「嗯……」徐翰烈悶哼著，老老實實地承受著他的入侵，更伸出雙臂緊抱住他的頭。

白尚熙甜甜地吸吮著徐翰烈濕軟的舌，一再挺身進入甬道裡。狹窄的內壁硬生生地被擴張捅弄，鑿出了一條與性器完全契合的路徑。循著那通道粗魯地滑進來的性器分毫不差地撞擊在敏感點上，搗出了強烈的快意。徐翰烈與他牢牢糾纏的身子宛如有電流竄過，倏地一波波顫慄。徘徊在兩人口腔裡的唾液也開始發甜，變得越來越濃稠。

白尚熙對著徐翰烈愈發淫蕩的舌頭一陣吮吸之後放開，再連同下唇一併揉蹭舔拭。上下黏膜同時被不一致的步調所摩擦，接連不斷地迸發出酥麻的感受來。徐翰烈的瞳孔開始失焦，眼神變得迷離呆滯。浴室的燈光在搖晃的視野中擴散成一片白濛，就連腦袋都感覺天旋地轉。

白尚熙的腰部大幅度地向後退開，再一口氣插進徐翰烈的後穴，重複著高速的深插。稀裡糊塗地開合、吞吐著性器的孔洞裡無法控制地發出了噗滋噗滋的聲響。

濕漉漉的肉體咕啾咕啾的，交纏時淫靡的摩擦聲不停在耳邊周旋騷擾。濁白的潤滑劑抵擋不住那股抽插的壓力，噗滋地滿溢出來。點滴凝聚在洗手台上的稠狀物就這樣沿著斷面滴落至地板。

「嗯、哈嗯……！啊、太、呃啊、啊、嗯！」

徐翰烈使勁摟住白尚熙的脖子，緊緊攀附著他。令人臉紅心跳、不敢相信是徐翰烈發出來的露骨叫聲連連鑽進耳裡。徐翰烈的眼睛已完全無神，他小口地含著白尚熙發燙的耳廓，然後開始輕輕地舔拭了起來。敏感的部位受到刺激，白尚熙於是也對他展開一波狂風驟雨的攻勢。帶著彎度的陽具將肉穴撐開至極限，充實著濕滑的甬道。

白尚熙又快又無情地搗攪著軟嫩的腸肉，肚子深處沿著脊椎爬升的那股炙熱讓徐翰烈即使膝蓋打顫，雙腿仍磨磨蹭蹭地纏上了白尚熙的腰。

「……呃！」

白尚熙深深皺眉，強忍呻吟。光滑平整的前額浮出了粗大的血管。許久沒做了，他本來打算要放慢節奏，結果還是無法如願。可能是因為徐翰烈今天的態度異常的熱情主動，感覺似乎比以往任何時刻都更加迫切地渴求著自己。徐翰烈整副身體不斷地貼上白尚熙，繼續把白尚熙往自己身上攬。

白尚熙手掌覆住徐翰烈的後腦杓，將額頭埋進他的頸窩，在兩人腹部完全貼合在一起的狀態下，啪啪啪地貫穿徐翰烈的身體。性器深深嵌入又立即退出，把甬道內側的軟肉帶出來又再一次捅回去。沉甸甸的囊袋啪噠啪噠地撞擊著會陰處和紅腫的穴口。進進出出的動作下，穴口周圍產生一圈白泡遂又被擠碎震破。肉穴遭受片刻不停的戳刺自是不用多說，就連肚臍下方都感覺脹痛不堪。徐翰烈一邊發出痛哼聲，酸脹的腹部忍不住出力，他的裡面也跟著一陣擰絞，把白尚熙的男根絞得發疼。

「等、呃呃……」

白尚熙猙獰地皺起眉頭，重要部位被緊緊咬住的感受使得腦中一陣飄忽。

「啊嗯嗯、啊、哈嗯、哥！」

徐翰烈像是快哭出來似地抽噎喊叫。那些被碾得細碎的呻吟和潮濕的熱氣不時繚繞在白尚熙耳根。白尚熙倒抽一口氣，肩膀高聳，下一秒，他的性器狂暴地進出，彷彿要磨破徐翰烈的腸肉似地衝刺。黏糊糊的肉體相互拍擊，忘情地掠奪著彼此。徐翰烈感覺自己的肚子再這樣下去就要被肏壞了，沸騰的腦子有些昏眩。

徐翰烈再次喊了一聲「哥」，一邊埋首在白尚熙肩上。白尚熙長吁一口氣，連同全身的體重一起抵上徐翰烈的下腹。抽送時，眼前白光盡現，頸背發燙，燙到惹人心煩的地步。白尚熙用前額蹭著徐翰烈的頭，恨不得連陰囊也擠進去似地研磨著交合處。興奮的肉棒狠戾地翻攪著黏膜。「啊！」徐翰烈茫然地大叫，白尚熙的背部在下一刻瞬間膨脹了起來。

「嘶呃、呃……！」

「……哈嗯、啊嗯嗯、呃！」

感覺肚子裡有東西一股腦地擴散開來，令徐翰烈的四肢禁不住地哆嗦。白尚熙頑強地箍住他的身子，下身再頂撞了下，在裡面射了精的性器和徐翰烈的腹部同時一齊產生痙攣。嚇人的灼燒感瀰漫全身，徐翰烈的性器也相繼迸射，把白尚熙壓在他身上的腹肌濺得濕濕黏黏。彷彿全身都在抽筋似的，徐翰烈噙在眼角的東西終於滑落而下。

白尚熙雙臂緊擁著徐翰烈一面喘氣，過了很久才抬起頭。放開了完全相連的身體，汗水浸濕的皮膚黏膩地剝離開來。高潮後的強烈餘波淹沒了徐翰烈一臉昏沉的面孔。白尚熙無聲地看著他濕透的臉，替他輕輕拂開黏在額頭上的髮絲，然後再次低頭親吻他濕潤的眼尾。徐翰烈輕閉著眼，默默地任他吻著。順著臉頰一路細細吻下來的唇在徐翰烈嘴上輕啄了一口，正打算繼續往下，徐翰烈卻伸手捧住白尚熙的臉，側頭就又吻了上去。徐翰烈把對方薄薄的下唇捲進嘴裡悄悄吸扯，伸舌頭去舔他的上唇。白尚熙扶住徐翰烈的背部讓他坐起身。

徐翰烈於是坐在洗手台上繼續和白尚熙擁吻。從人中到上、下唇瓣，甚至下巴，都被徐翰烈又啃又咬，伸長了舌頭磨人地舔弄白尚熙的整張嘴。白尚熙的眼神因他淘氣的舉止而軟化，忍俊不禁地噗哧一笑，笑得極其寵溺。「舌頭伸出來。」

白尚熙用低了八度的聲音命令道。見徐翰烈乖乖地聽從著他的指令，白尚熙把自己的舌頭覆上去，更為濃烈地與他黏膜交纏。徐翰烈抱著白尚熙腰桿的手一點一點地下滑，猛然一把抓住他結實的臂部。浸淫在熱吻之中的白尚熙視線訝異地朝下方看去，待他重新看向徐翰烈時，徐翰烈猛然迎上前咬住他下巴。明明剛才還一副有氣無力病懨懨的樣子，現在卻如此大膽唐突地瞪大眼睛仰視著自己。

「繼續。」

徐翰烈央求的嗓音顯得低啞。他無聲地嘬著白尚熙被他輕咬在口中的下顎，動作就像嬰兒在嘬吸著母乳一樣又急又渴，不停搔癢著白尚熙的下巴。白尚熙又笑了出來，抓著徐翰烈的肩把他從自己身上分開，接著輪流緩慢注視著徐翰烈被情慾渲染的雙瞳。

「你沒關係嗎？」

「不是才做了兩次而已？」

「要是太勉強，做完像之前那樣病倒怎麼辦？」

「才不會，而且那是……」

「是什麼？」

「會那樣不是因為做愛的關係啦。」

白尚熙拉長音地「嗯？」了一聲，神情相當地懷疑。徐翰烈伸出手臂勾住他脖子，重新吻了上來。他像隻小鳥一樣對著白尚熙的嘴唇和周圍一頓輕啄，啄吻了半天突然又在他臉頰咬了一口。白尚熙輕聲笑著，一副拿他沒辦法的樣子。

他的手伸到徐翰烈的大腿根部，把他整個人抱了起來。要是在平常，徐翰烈一定會不開心地反抗，今天卻一反常態地安靜乖巧。也有可能是他已經腿軟了，不得不乖乖配合。固執地啃著白尚熙臉龐的小嘴不知不覺挪到了耳際，玩弄著他柔軟的耳垂。

白尚熙離開浴室，朝床鋪走去。平坦的床鋪躺下去彈性十足，良好地支撐著徐翰烈的身體。白尚熙彎下腰，深情地俯視著他。徐翰烈眸光游移了一陣，最後才迎上白尚熙仍舊沉浸在情潮之中的那雙眼。白尚熙的大拇指不停來回觸摸著徐翰烈發紅的臉頰，徐翰烈便在他掌中輕緩地揉蹭著自己的臉。白尚熙忍不住低低苦笑。

「你何必這麼故意呢？……嗯？」

他一邊問，一邊溫柔地親著徐翰烈的臉和脖子。默默被吻著的徐翰烈把白尚熙的臉拉到自己的嘴邊，白尚熙順勢含住了他的嘴，爬上了床。驟然深陷的床墊與徐翰烈的全身一同感受到了被壓制住的感覺。渾身上下隱約圍繞著一股緊張感。不對，比起緊張，應該說是更強烈的期待感也說不定。感覺呼出的氣體十分微弱，只得連連抽氣。徐翰烈著急地摟住了白尚熙的背。

白尚熙的唇落在徐翰烈的肩頭，宛如在那裡烙下一個起點。他使壞地在那周遭不停舔咬，然後沿著伸直的手臂啄吻而下。徐翰烈緊張地注視著他一路親到自己的指尖，倏地像觸電般地縮了一下。輕柔地用唇瓣膜拜著徐翰烈的白尚熙毫無預兆地在他腰上咬了一口。敏感帶被觸發的悚然顫慄感使得徐翰烈的肩膀和脊椎一下子繃緊。白尚熙的舌頭執拗地在他脆弱的地方舔弄，徐翰烈的腰肢開始歪斜扭動。

咬緊的牙根縫隙間不斷逸出軟綿綿的呻吟來。白尚熙抓住了對方本能想竄逃的身體，堅持不懈地吮吻著他的敏感處。熱度從兩腿之間急速蔓延，徐翰烈感覺自己好像快要憋不住了。不過片刻，白尚熙光是對著他哈氣，他的身子就敏感得抖個不停。白尚熙裝作不知道，牙齒一再嵌進徐翰烈激動的腰側。

「……啊呃呃！」

過於難耐的感受迫使徐翰烈在床上不停搓揉著額頭，試圖逃離這股極度的快感。身體掙扎到後來不知不覺翻了過去，仍舊持續著的刺激讓他兩側肩胛骨不自覺地聳立。白尚熙用厚實的胸板壓在了徐翰烈顫抖的背上，從他裸露的白嫩後頸一路不間斷地舔至耳下。

徐翰烈的背部因舌肉黏糊糊的觸感而微微發顫，脖子和耳邊的寒毛亦同時豎起。白尚熙毫不介意地小口囁咬著他的耳廓，接著來到下方的耳垂。他用舌尖捲起哆嗦著的耳珠，色情地調戲一番之後，歪了頭將舌尖伸進耳道裡撓舔著內側。

「呃嗯、哈、呃啊……」

耳內被濕濡得熱烘烘的，徐翰烈咬牙切齒，臉部表情扭曲。白尚熙輕輕吻了一下他的後頸，舌頭隨後往暴露在外的另一隻耳朵裡塞。濕黏的舌在光滑的耳穴裡來回摩擦摳挖。徐翰烈嘴裡流洩出仿若嘆息的呻吟來，一刻不停地掙扎扭動著。白尚熙的手自然地撫上他弓起的胸膛，在毫無防備的乳頭上旋轉按壓，再緩慢地搓擰。徐翰烈簡直片刻不得放鬆，在身體各處被激起的一波波快感之中嚶嚀不已。

不多時，白尚熙抓住徐翰烈的手臂將他拉起。身體在連番刺激下變得癱軟的徐翰烈一下子背對著白尚熙跨坐在他大腿上。徐翰烈一臉不解地回頭看著他。

白尚熙細膩地親吻徐翰烈轉過來的額頭和臉頰，冷不防用膝蓋把徐翰烈的膝窩向兩側撐開。徐翰烈的兩條腿被大大地岔開，失去支撐的屁股毫無懸念地安坐在白尚熙的腹股溝上。完全勃起的陽具狠抵著徐翰烈的臀部，正展示著它的雄威。

「等一下，這個姿勢有點……」

徐翰烈兩手在身後抓著白尚熙的大腿，好支撐他茫然無措的身體。要不是白尚熙幫他托住了上半身，恐怕他整個人就要往前栽倒下去了。

「這個姿勢怎麼了？」

白尚熙故意裝腔作勢地問道，繼而用兩隻手臂環抱住徐翰烈搖晃不穩的身子，使兩人能夠緊密貼合。徐翰烈的整個身體於是完全被白尚熙給箝制，可能是因為這個體位不太舒適，他的大腿內側一抽一抽的，壓迫著白尚熙的膝蓋。白尚熙的頭重重靠上徐翰烈肩膀後方，嘆氣般的吐息。原先就所剩無幾的從容餘裕這下完全見了底。

感覺到白尚熙戳在腰際的分身滑至臀縫，徐翰烈在半空中晃盪的肉莖禁不住抖動了幾下。白尚熙為了回應他的期待，將怒脹的肉棒往窄小的孔穴裡塞。由於角度不對，彎曲的陰莖無法完全插入，嘗試了幾次仍是毫無對策地卡在入口。徐翰烈差不多撐開至一半的皺摺口感受到肉棒不斷擠壓的粗碩份量，呼吸開始不順了起來。白尚熙下巴輕抵在他緊繃的肩膀上，溫柔地低哄著：「屁股稍微抬起來一下，我會撐住你。」

徐翰烈不得已只好吃力地撐起了下身，雖然白尚熙的大掌牢牢地托著他的腹部，失去支撐點的身體還是不穩地搖晃著。白尚熙手指劃圈似地撫弄好不容易露出的後穴，那處隨即收縮了下，他才剛把硬梆梆的龜頭抵在穴口，搖搖欲墜強撐著的徐翰烈便用氣音喊著「太累了」，屁股再也忍不住地癱坐了下去。前端勉強塞入的性器於是擦撞著內壁，順水推舟地操進徐翰烈的身體裡。

「呃啊、啊……」

措手不及的貫穿感使得徐翰烈全身的細胞都敏感了起來，被強力刺穿的身體慌亂無助地發顫。白尚熙攬住徐翰烈，破壞他重心不穩的姿勢，同時下半身啪地頂了上去。兩次射精之後變得鬆軟的小洞毫不排斥地含住了滾燙的肉柱，甬道擴張的大小正好，悄悄地纏裹著粗大的陰莖。最深處的黏膜逐漸狹窄，咬著如石臼般堅硬的龜頭蠕動不停。白尚熙此時只想把對方因緊張而繃緊的腸肉給狠狠捅弄，搗攪得一塌糊塗稀軟不已。他默默深吸了口氣，無法馬上緩解的這股饑渴讓他只好在徐翰烈無辜的肩膀上一頓囓啃。

「哈呃……嗯、快點！」

茫然等待的徐翰烈催促著白尚熙動作，屁股還偷偷往下去壓迫他的胯部。沒有理由好再猶豫了。白尚熙的嘴貼上徐翰烈耳根，膝蓋徐徐跪立，繼而拱起了徐翰烈被他貫串的身子。唇瓣來到徐翰烈的肩骨上，靜止不動的腰桿開始向上挺動。徐翰烈被白尚熙完全鉗梏住的身體束手無策地承受著肉棒兇殘的進犯。

「呃啊、啊、啊！哈呃、嗯嗯、啊！」

每一次的頂撞，徐翰烈臀部都被緊緊向上推頂。大概是有史以來最緊密相貼的體位，感覺性器戳進了前所未有的深度。下腹部灼熱的酥麻感溫吞而鮮明，徐翰烈的肩膀一震一震地縮了起來。白尚熙執著地抓著他不放，大快朵頤地享受著滑軟的腸肉。甬道被撐至極限，被盤據在肉柱上的青筋來回橫掃向外摳刮。徐翰烈的大腿後側由於不斷戳刺的痛意產生了痙攣，白尚熙與之相貼的大腿原封不動地感受到那股震顫，促使他更加的興奮。

「嗯、呃啊、啊、哈呃……」

「哈啊、喜歡我這樣插你這邊嗎？」

「呃、啊、那裡、啊嗯、幫我、蹭蹭。」

白尚熙接連不停地吻著徐翰烈的肩膀，插在體內的性器耐心地在裡面轉動著。敏感點被磨碾似地摩擦，徐翰烈崩潰地發出帶著哭腔的吟叫聲。盡量嘗試著跪立的膝蓋不由得凹折，徐翰烈力不從心地坐在白尚熙的大腿上。承載了體重的墜落作用讓性器進得更深，把徐翰烈完全逼到了走投無路的境地。

「等……啊呃呃……」

白尚熙直立地抱著徐翰烈，加大落差地頂弄著底部，同時捧起徐翰烈總是低垂的臉龐。徐翰烈的手腳四肢完全被白尚熙扣住，動彈不得，當尺寸巨大的男根刺進他肚子深處時，他只能全身痛苦地掙扎。徐翰烈因兩腿之間快速並激烈匯流的高漲感咬緊了牙，順著下巴溢流而出的津液黏膩地沁濕了白尚熙的手掌。

白尚熙加快了抽送的節奏，不留情面地一陣狂頂猛插。深入至甬道內的性器搗捻著前列腺一記又一記的戳弄，剛抽身，馬上又捅進蠕動不已的肉穴裡。肚臍下方被操得亂七八糟，徐翰烈感覺自己嬌嫩的腸肉快被搗壞、臟器就要被翻攪出來，不由得發出宛如慘叫般的呻吟。

「啊啊、啊、哈嗯、嗯、啊呃！」

一連串尖促的哀叫讓白尚熙忍不住緊咬牙關，心想徐翰烈這回可真是存心叫給外面的人聽的。兩具肉體充滿黏性水聲地碰撞拍合，又痛又麻的刺痛感在皮膚表面蔓延開來。熱潮攀升至腦袋引起暈眩，即使白尚熙隨性抽插縱情磨蹭著腸穴，體內積聚的熱意也沒有要散去的想法。

從尾椎處竄湧的酥麻快感讓徐翰烈擺動腰身扭了起來，更用力地夾緊了穴中的陽具。柔滑的黏膜如無底沼澤般地吸扯著性器，白尚熙汗濕的臉龐抵在徐翰烈後肩上搓抹，難耐地不斷咬牙隱忍。儘管如此，他終究是遏止不住下身氾濫成災的慾念，在徐翰烈體內逞兇鬥狠地戳刺著。他的囊袋呈現受擠壓的狀態，和徐翰烈的屁股互相碰撞發出啪啪聲。一縷縷從洞裡溢出來的潤滑劑和精液之類的凝液濺濕了恥毛。

「啊、尚熙哥、停、哈嗯、停下來、嗯……啊！」

「……幹。」

即使徐翰烈罕見地開口哀求，白尚熙還是停不下來。他忍無可忍地飆出髒話，一而再地操開徐翰烈與他串連為一的胴體，操翻出裡面的嫩肉。束手無措的徐翰烈急切地捏住白尚熙的手指。登時，兩個人的手指頭都使勁地泛了白。白尚熙使出最大的力氣緊緊把徐翰烈箍在懷裡，泥濘不堪的胯部啪地上頂。被推進徐翰烈腹部深處的龜頭準確無誤地撞在最為敏感的那一點上。徐翰烈連聲音都發不出來，身體悚然一僵。白尚熙狠狠咬住他的肩膀，將再無去路的生殖器深抵進肉穴裡或磨或碾。與徐翰烈發出的抽泣聲同步，白尚熙熱火沸騰的性器同時在他腹中炸射出了白精。

「哈呃呃……」

白尚熙把強忍著呻吟、整個人可憐地痙攣的徐翰烈緊緊抱住。徐翰烈在空中晃動的性器不知何時釋放的，已經縮垂了下去，從濕漉的鈴口滲漏出的精液在床單上留下長長的一道痕跡。

有好一段時間，只剩急促的喘息聲在耳邊騷擾。滿身的濕汗，既是酣暢淋漓又覺黏膩不適。徐翰烈在狠抱住自己的白尚熙手上無力地拍了拍。白尚熙一鬆開胳

膊，徐翰烈便整個人趴倒在床上。為了調勻尚未平緩的呼吸，他的背部不停地上下起伏著。因摩擦而發紅的屁股裡，濃白色的精液緩緩流淌而出。

白尚熙的身體壓上徐翰烈濕滑的背部，然後把手伸至他肚子下方抓住他軟軟的性器。白尚熙輕輕套弄還帶著些微熱度的肉莖，一邊啄吻他後頸。徐翰烈哼了一聲，縮起了脖子。他的性器一下子就被撫弄得開始吐出剩餘的精液，濕了白尚熙的手指。即使如此，白尚熙還是沒有放手，不停地把徐翰烈的陰莖握在掌中搓揉，在他冷卻的肩膀和背部上親了又親，還不必要地玩弄著他的耳朵。

白尚熙的後戲本來就是做得夠久又無比溫柔的那一種，讓人感覺不單是在性交，而是真的在做愛似的。徐翰烈神情困倦地躺著，忍不住就閉上了眼睛。每次和白尚熙做完，腦子都好像被攪成一團漿糊之後隨便丟棄。感覺頭髮全部根根豎起。白尚熙壓在背上的重量讓徐翰烈感到莫名安心，不由自主地沉沉睡去。

✳

從窗簾縫隙中滲透進來的陽光搔癢著後頸，髮梢也在微風的吹拂下一再飄揚。從遠方的操場，以及近處的教室裡傳來了耳熟的喧鬧聲。白尚熙正趴在課桌上，沉浸在愜意的慵懶之中。現在在上體育課？也有可能是音樂課。沒有任何人來打擾的一頓好眠是如此香甜，似乎因此彌補了長期以來的睡眠不足。忽然有什麼東西從眼角一閃而過，像是有人靠近。白尚熙完全沒有發現任何氣味或是聲響，然而，他能感知到前座的椅子被拉至他的桌邊，身分不明的某個人坐在了那裡。即使他閉著眼，這一切卻猶如在他面前發生似的栩栩如生。

一團黑影自然地籠罩過來，白尚熙的後腦杓感覺到一道明顯的視線。那個人是想要叫醒自己嗎？還想再多睡一會的說。他於是一把握住了對方碰到他的那隻手臂。奇怪的是，他對於手中傳來的這股觸感感到非常熟悉。

『再多睡一下。』

他扯著對方的手腕，耍賴著還想繼續睡。對方身子明顯一僵，在原地躊躇。白尚熙感覺那隻胳膊隨時會溜走，遂更用力地抓住對方。

就在下一個瞬間，他的掌心忽然變得空蕩蕩的。那緊握在手中的東西倏然間消失，閃動的影子也不見了。白尚熙愣愣地張開眼抬起頭，他特地望向那張椅子，卻已是空無一人。

「……」

掀開眼皮，白尚熙見到一個陌生的天花板。他緩緩地轉動著眼珠子，等待意識甦醒恢復清明。差不多在聽見手機發出震動聲時，他才完全從夢境之中清醒過來。一旁的手機正在響著。他循著鈴聲伸長了手臂，在亂七八糟的衣服堆裡翻找了半天，終於撈出了他的手機。電話是姜室長打來的。

白尚熙在床上一邊搔著頭髮一邊接起電話，發出「喂」的那道嗓音裡帶著沙啞的睏意和一絲嘆息。

「你在哪裡啊？」

「……嗯。」

「你忘了今天早上有拍攝嗎？」

「沒忘，我正打算起床。」

「啊你這小子現在人到底在哪裡呀？我還特地上來找你，結果家裡沒人，電話也不接。你趕快告訴我地址吧，我現在就過去接你。」

「就直接在拍攝現場見吧，我準備一下就出發。」

儘管姜室長隨即表示反對，白尚熙說著「那就待會見了」，便自顧自地掛斷了電話。螢幕上的時間顯示為上午七點五十分。他往身旁的位置一瞥，徐翰烈人不在那裡，不過可以聽見浴室裡斷斷續續的水聲。畢竟到了這個時間，他大概也在忙著準備出門上班。

白尚熙起身，在自己臉上拂了一把。他好像做了一個怪夢，醒來後卻想不起來確切的內容。並不是惡夢，反而比較像是一個舒服的美夢。但可能是最後結束得有些空虛，心中莫名有種不太踏實的感覺。

他還在回味著那個夢境，頓時響起了敲門聲，白盈嬅詢問「還在睡嗎」的嗓音也接續傳來。白尚熙毫不猶豫地走向門口，一打開門，站在門外的白盈嬅見到一絲不掛的白尚熙，隨即蹙起了眉頭。

白盈嬅相當不滿地瞪視著一臉從容自在的白尚熙。她手裡端著的托盤上放著一杯水和藥丸，應該是要給徐翰烈的。白尚熙伸了手要接，白盈嬅的手臂卻向後抽開，開始對他發出譴責。

「你做出那種事情來，到底是在盤算什麼？」

「妳說的那種事情是指什麼？」

「還要我說嗎？」

白尚熙暫時思索了一下，然後發出「啊——」的恍然大悟。儘管自己的性事被親生母親察覺，他也一點都不覺得羞愧。

「怎麼這麼沒水準哪，是一整晚都在偷聽嗎？」

「叫到那種程度，根本是故意在示威，想要讓所有人都聽見吧？」

「不小心聽見了，不是應該假裝沒聽到才是有禮貌的行為嗎？託某個人的福，我打從小就學會了這個道理，看來本人自己卻沒有這種品德呢。」

對於這番挖苦，白盈嬅仍是面不改色，單刀直入地繼續追問：

「……好啊，你拒絕了我的幫助，還非要跑來這裡幹出這種事情，肯定是有什麼原因的對吧？你想要的是什麼？」

「怎麼？妳打算自行私下解決？」

「你不是為了這種目的才來勾搭的嗎？還偏偏是對他下手……」

白盈嬅嚥下了尚未說完的話，直接嘆了一口氣。

「你雖然是我親生的，真不知道你這個孩子究竟是頭腦不好還是個性特別古怪。有什麼想要的應該直接來找我啊，幹嘛背地裡搞這種小手段？」

「有什麼辦法呢，我從妳身上學到的就只有這一招而已。」

「你是想怎樣？」

「至今為止，我們不是從未干涉過對方的生活嗎？既然都已經這麼決定了，那就繼續維持這樣的方式，不要變來變去地折騰人。」

「還不是因為你老是在我面前晃來晃去的，我有什麼辦法？」

「那是妳自己的問題，別再對著我嘰嘰歪歪地抱怨，我不會再繼續容忍妳了。只要和妳扯上關係就麻煩事一堆，煩都煩死了，本來我是不打算再和妳有任何的牽扯，但是如今的我已決定要為了自己的追求而活。」

「所以我不是說要給你了嘛！又不是小孩子了，一定要用這種胡鬧瞎搞的方式開這種玩笑？」

聽見白盈嬅繼續追問，白尚熙嗤地笑了，彷彿對方說出的話是多麼的荒誕無稽。

「妳要給我？妳又知道我想要的是什麼了？……妳是給不了的。」

白尚熙非常肯定地向她宣告。白盈嬅聞言，握著托盤的手使力地捏緊。白尚熙用冷漠的表情從她手上抽走了托盤。這時，徐翰烈的聲音突然從他背後冒了出來。

「一大清早的，母子之間的感情還真是和睦呢。」

回頭一看，不知何時沖完澡的徐翰烈正在觀賞著兩人對峙的畫面。即使一清二楚地聽見了他們的談話內容也沒有什麼特別的反應。

面對著這兩人，徐翰烈率先迎上白尚熙的視線。

「時間不早了，先去洗漱吧。」

恰巧催促的電話也在這時打了過來，似乎不能夠再繼續拖延了。白尚熙將手上的托盤放在桌上，走進了浴室裡。「白女士也下樓去吧。」聽見身後的聲音這麼說道。

等他洗好出來，徐翰烈已經不在房間裡，只有正在整理床鋪的人代為轉達說請他下樓去用餐。白尚熙穿好衣服之後下至一樓，已經準備就緒的徐翰烈正坐在餐桌前看著他的平板，連有人來了也沒發現，螢幕畫面上全都是白尚熙的相關報導。白尚熙靠近他時，伸手在他袒露的後頸上輕輕掐了一把。徐翰烈反射性縮了一下，慌張地捂住自己的脖子。

「幹嘛？」

「怕你是不是又發燒了。」

「……少在那邊小題大作，我都說了不是因為上床的關係了。」

「我是很想相信你，但你不是每次做起來都很吃力嘛？如果是體力不足的問題，要麼減少工作，要麼正式開始運動鍛鍊。」

白尚熙出自於擔心的建議卻讓徐翰烈的眉毛不滿地聚攏起來。大概是傷到他的自尊心了。入座的白尚熙抬起徐翰烈的下巴朝自己的方向轉，用嘴唇輕輕按住徐翰烈的唇瓣和他接吻，似乎一點都不在意被別人看見。白尚熙緩緩地分開了唇瓣，徐翰烈直直地看向他的眼睛。

「你的追求是什麼？」

看來徐翰烈其實很在意自己與白盈嬅的對話。白尚熙沒有回答，只是耐心地盯著他瞧。徐翰烈的瞳眸不停地在他臉上梭巡，似乎是想找出答案來。

「聽起來怎麼像是你媽給不了，而我卻能給的感覺？」

白尚熙的手悄悄摩挲著徐翰烈的下顎，「沒錯，」他道：「是只有你才能給的。」

對方像在打啞謎一樣，令徐翰烈露出了不太開心的表情。白尚熙偷笑，在他嘴角旁偷了一吻。退開的時候又忍不住在徐翰烈下巴搔癢似地摸了幾把才輕輕地放手。

此時外面變得有些嘈雜，只見楊秘書往廚房裡走來。猝不及防地撞見了白尚熙，他不由得瞪大了眼，大概是事前沒有收到消息。

「池建梧先生怎麼會在這裡……」

「他吃完早餐馬上就要趕去拍攝，請先把車子準備好。」

徐翰烈提前打斷談話下了指令。白尚熙用眼神簡單地和驚訝的楊秘書打了個招呼。雖然楊秘書一時顯得神色十分複雜，但也沒有再繼續多說什麼，只把拿來的東西放在餐桌上便默默地退開了。這次拿過來的又是藥丸，甚至和白盈嬅早上送來的形狀大小皆是相同。白尚熙想起之前在飯店見到的好像也是差不多的東西，當時徐翰烈明明表示那只是保健食品。

有點詭異。無論是在彼此見了面都尷尬的情況下仍非得送來保健食品的白盈嬅，或是人一來就先送上那些藥丸的楊秘書，甚至是表情看起來莫名生硬不自然的徐翰烈，全部都很可疑。

「我說那個藥丸……」

不知是否這個話題太過突然，白尚熙見徐翰烈的手頓了一下，然後才若無其事舉起了湯匙，「嗯」地應聲。他看似滿不在乎地舀了一口湯喝，然而視線始終沒有與白尚熙對視。

「……真的是保健食品嗎？」

「什麼意思？」

「總覺得有點奇怪，他們那樣送過來好像是很怕你忘記吃的樣子。」

徐翰烈的湯匙再次停了下來。

「……這有什麼好奇怪的。」

彷彿白尚熙的懷疑很可笑似的，徐翰烈嗤笑完又挖了一口飯送進嘴裡。然而他咀嚼和吞嚥著那口飯的動作卻顯得相當不自然。雖然刻意不往那邊看，但徐翰烈的注意力似乎全放在了藥丸的方向。

「到底是哪種保健食品？」

白尚熙隨口喃喃著，朝著那些藥伸出了手。就在那一剎那，徐翰烈慌張推開托盤，上面放的東西全都灑在了地面。玻璃杯碰撞在大理石地板，摔成了碎片。尖銳的破碎聲裡摻雜了徐翰烈變得粗重的呼吸聲。徐翰烈霎時怔愣，轉身和白尚熙面對面時才突然蜷縮了肩膀。

「發生什麼事了？」

聽見意外的騷動，楊秘書和僕人都跑來查看，連白盈嬅也趕了過來。徐翰烈一張臉漲得通紅，不知所措，陷入六神無主的狀態，握緊的拳頭抖個不停。白尚熙同樣也嚇了一大跳。

「我要先走，你慢慢吃。」

見徐翰烈急欲逃走，白尚熙抓住了他的手腕。

「你怎麼了？」

「遲到了，我該走了。」

徐翰烈強硬地轉過身，不肯讓白尚熙看到他的臉。他的聲音緊繃，聽不出半點從容之意。掙扎扭動著要白尚熙放手的手臂照樣感覺得到他的顫抖。在一旁看著他們的楊秘書於是出面制止，他搖著頭示意白尚熙別這樣，攔住白尚熙的手，把他和徐翰烈分了開來。白尚熙也不再繼續堅持。

「我待會再打給你，要接我電話。」

他只是貼上徐翰烈的背如此叮嚀道。徐翰烈甚至沒有點頭，直接大步走出廚房。楊秘書提醒白尚熙說外面已經備好了車，讓他坐那台車去劇組。交待完，他連忙尾隨徐翰烈身後離去。

在這種情況下哪還吃得下早餐，白尚熙馬上起身離席。儘管不可避免地與白盈嬅打了個照面，但他宛如沒看見似地飛快從她身邊越過。就在兩人擦身而過的這時候。

「收手吧，不要等來不及了才來後悔。」

低聲發出警告的白盈嬅走進廚房內部，神色自若地使喚著傭人開始收拾狼藉。白尚熙並沒有注視著她的身影太久，一如既往的，他們在轉身背對彼此之際絲毫不帶半點的猶豫。

——〈第四卷待續〉

高寶書版集團
gobooks.com.tw

CRS019
Sugar Blues 蜜糖藍調 3
슈가블루스 3

作　　者　少年季節（Boyseason）
封面繪圖　Bindo
譯　　者　鮭魚粉
編　　輯　賴芯葳
美術編輯　彭裕芳
排　　版　彭立瑋
企　　劃　方慧娟

發 行 人　朱凱蕾
出　　版　朧月書版股份有限公司
　　　　　Hazy Moon Publishing Co., Ltd.
地　　址　臺北市內湖區洲子街 88 號 3 樓
網　　址　www.gobooks.com.tw
電　　話　(02) 27992788
電　　郵　readers@gobooks.com.tw（讀者服務部）
傳　　真　出版部　(02) 27990909　行銷部 (02) 27993088
郵政劃撥　19394552
戶　　名　英屬維京群島商高寶國際有限公司臺灣分公司
發　　行　英屬維京群島商高寶國際有限公司臺灣分公司
初版日期　2022 年 11 月

國家圖書館出版品預行編目 (CIP) 資料

Sugar Blues 蜜糖藍調 / 少年季節 (Boyseason) 作；鮭魚粉譯 . -- 初版 . -- 臺北市：朧月書版股份有限公司出版：英屬維京群島商高寶國際有限公司台灣分公司發行，2022.11
　面；　公分 . --

譯自：슈가블루스 3

ISBN 978-626-96376-5-2(第 3 冊：平裝)

862.57　　111013113